W0349902

Le 5/12/23

NOËL EN PÉRIL
À SANTA-LES-DEUX-SAPINS

Pour Sabrina,
Tu les attendais,
les revoilà ! :)
Carène Ponte

DE LA MÊME AUTRICE

Un merci de trop, Michel Lafon, 2016
Tu as promis que tu vivrais pour moi, Michel Lafon, 2017
Lunettes noires, peau de banane et Saint-Valentin, Michel Lafon, 2017 (nouvelle disponible en version numérique)
Avec des si et des peut-être, Michel Lafon, 2018
D'ici là, porte-toi bien, Michel Lafon 2019
Vous faites quoi pour Noël ?, Michel Lafon, 2019
Et ton cœur qui bat, Michel Lafon, 2020
Vous faites quoi pour Noël ? On se marie !, Michel Lafon, 2020
La lumière était si parfaite, Fleuve Éditions, avril 2021
Vous reprendrez bien un peu de magie pour Noël ? Fleuve Éditions, octobre 2021
Et que quelqu'un vous tende la main, Fleuve Éditions, avril 2022
Embarquements immédiats pour Noël, Fleuve Éditions, octobre 2022
Prendre la vie comme elle vient, Fleuve Éditions, avril 2023

Jeunesse
Gros sur le cœur, Michel Lafon, 2018

CARÈNE PONTE

NOËL EN PÉRIL
À SANTA-LES-DEUX-SAPINS

fleuve
ÉDITIONS

Le Code de la propriété intellectuelle n'autorisant, aux termes de l'article L. 122-5, 2e et 3e a, d'une part, que les « copies ou reproductions strictement réservées à l'usage privé du copiste et non destinées à une utilisation collective » et, d'autre part, que les analyses et les courtes citations dans un but d'exemple ou d'illustration, « toute représentation ou reproduction intégrale ou partielle faite sans le consentement de l'auteur ou de ses ayants droit ou ayants cause est illicite » (art. L. 122-4).
Cette représentation ou reproduction, par quelque procédé que ce soit, constituerait donc une contrefaçon sanctionnée par les articles L. 335-2 et suivants du Code de la propriété intellectuelle.

Publié avec l'accord de Librinova
© 2023, Fleuve Éditions, département d'Univers Poche
ISBN : 978-2-265-15688-3

Dépôt légal : octobre 2023

À tous ceux qui m'ont demandé à la sortie
de chaque comédie de Noël :
« Alors, est-ce que c'est la suite
de *Santa-les-Deux-Sapins* ? »
Cette fois-ci, je pourrai vous répondre :
"Ouiiiiii, c'est la suite !" »

À Santa-les-Deux-Sapins, ce petit village
qui n'existe pas (Google est formel),
mais où on a tous envie de fêter Noël.

À Pauline, David, Donovan, Lise, Maddie, Ludo,
la Grinchette, Hélène, Étienne et bien sûr Pilou :
ce titre (honorifique mais dont je suis très fière)
de « Reine de la comédie de Noël », c'est beaucoup
grâce à vous. Merci d'être des personnages
aussi drôles qu'attachants.
Merci de me laisser vous faire chuter,
vous faire dire des tas de bêtises et d'en redemander.

— Note de l'autrice —

Trois années se sont écoulées depuis notre dernière visite à Santa-les-Deux-Sapins… Et il s'en est passé des choses depuis trois ans, croyez-moi ! Même pour un petit village qui a été complètement épargné par la COVID – aucun cas positif, aucun cas contact, aucun test PCR. *Est-ce possible ?* êtes-vous en train de vous demander : bien sûr que c'est possible, on est à Santa-les-Deux-Sapins, après tout !

Si c'est votre premier séjour dans ce charmant village, rendez-vous directement à la page départ (on se croirait dans un de ces livres dont on est le héros, vous ne trouvez pas ?) et laissez-vous charmer par les personnages. Rassurez-vous, vous n'aurez aucun souci de compréhension. En revanche, je préfère vous prévenir, mettre un pied à Santa-les-Deux-Sapins, c'est prendre le risque de vouloir y revenir chaque année et de grossir la horde des lecteurs qui réclament une suite ! ☺

Pour les initiés, avant de plonger dans une nouvelle aventure, je vous propose un petit point rapide sur les personnages.

La première dont je tiens à donner des nouvelles, c'est la Bouffeuse d'endives, j'ai nommé Anastasie. Souvenez-vous, après avoir été prise une main dans le paquet de chips et l'autre dans le pot de mayonnaise, elle a quitté précipitamment le village… et le monde du mannequinat dans la foulée. Trop de restrictions, de frustrations… Il faut dire qu'aussitôt après sa rupture avec Donovan, elle est tombée amoureuse d'un chef pâtissier qui a failli avoir une attaque lorsqu'elle lui a suggéré d'utiliser du chocolat sans sucre et sans matière grasse pour sa mousse… au chocolat. Notre magnifique brune a donc, depuis que nous l'avons quittée, pris quelques kilos, qui, la bougresse, se sont répartis de manière harmonieuse sur son corps, la rendant encore plus belle et désirable. Oui, quand on s'appelle Anastasie, la nature peut décider de vous remplumer les seins et les fesses plutôt que les hanches et le ventre, c'est ainsi. Cependant, l'histoire ne dit pas si elle continue à jouer au Trivial Pursuit…

Valérie, la meilleure amie d'Hélène, est actuellement en Russie. Pour les fêtes, elle y a rejoint son fiancé et juge au concours international du plus beau village de Noël. Le froid menace chaque jour de la priver de ses phalanges, elle n'en peut plus de manger du hareng[1], mais elle n'a d'yeux que pour son beau Ievgueni (dont Pauline garde un souvenir ému, en raison d'une anatomie appétissante… ce qui n'est pas tout à fait le cas du hareng).

Lise et Donovan, après un séjour de près de dix-huit mois en Australie, ont décidé de revenir poser leurs valises à Santa-les-Deux-Sapins. Ils ont emménagé dans un petit

---

1. Cake aux harengs, salade de blancs de poireaux aux harengs, hareng en fourrure…

chalet près de celui d'Hélène et Étienne. Lise s'est associée à Maddie et toutes les deux sont à la tête d'une entreprise de *wedding planner*.

Comme Maddie est nulle en ce qui concerne la planification et l'organisation, elle délègue avec joie cette partie de l'activité à Lise, ce qui lui permet de se concentrer à cent pour cent sur ce pour quoi elle a du talent : dessiner et coudre des robes de mariée atypiques, version velours rouge et satin vert.

Donovan, quant à lui, a également abandonné son métier de mannequin (c'est comme ça qu'il avait rencontré la Bouffeuse d'endives) pour travailler avec son beau-père, Étienne, à la pépinière. À Santa-les-Deux-Sapins, la plantation d'arbres de Noël est un secteur qui ne craint pas la crise… Il est par ailleurs l'égérie de l'usine du village qui fabrique des boîtes à musique casse-noisette et prête à l'occasion sa belle gueule d'ange pour les campagnes marketing.

Hélène file le parfait amour avec Étienne à qui elle a dit oui, malgré le retour-surprise de son ex-mari au bout de vingt ans, qui, pour la peine, y a laissé une fesse sous les crocs de Pilou, le chien des montagnes de la famille (il était déguisé en Père Noël aussi – l'ex-mari, pas le chien –, et ça, c'était trop tentant – pour le chien, pas pour l'ex-mari). Elle s'est remise de sa défaite au concours international du plus beau village de Noël et a décidé de s'engager pour le bien de la communauté en devenant conseillère municipale. C'est d'ailleurs grâce à elle que la *Marseillaise* a petit à petit été remplacée par *It's Beginning to Look a Lot Like Christmas* lors des cérémonies officielles. Chanté la main sur le cœur. Moins patriote, c'est sûr, mais moins sanglant aussi.

La Grinchette, ou Samantha (la fille de Maddie) a quatre ans. Elle est sage comme une image, et on la retrouve toujours au dernier endroit où on l'a laissée, à empiler des cubes sans jamais se lasser… Nan, c'est une blague, bien sûr. Sinon la Grinchette ne serait pas la Grinchette. Avec son comparse Pilou, à tout moment, elle est prête pour partir en bêtise. Et elle n'en rate pas une.

Ça y est, je pense qu'on a fait le tour. Je n'ai oublié personne.

Trois ans se sont donc écoulés, je disais et… Comment ça, j'ai oublié deux personnages ? Vous êtes sûrs ? Je plaisante ! Comment oublier les inoubliables David et Pauline !

David et Pauline vivent désormais ensemble. David exerce à présent son métier de neuropsychologue et Pauline poursuit son activité d'éditrice. C'est elle, d'ailleurs, qui est à l'origine de la publication du *Guide de Noël* conçu par Hélène. Guide qui est devenu un indispensable pour tout amoureux des fêtes de fin d'année et qui figure dès le mois d'octobre sur les listes des meilleures ventes.

Pour leur plus grand plaisir – enfin ça, c'est ce qu'ils ont dit –, ils ont accueilli chez eux le chat de Joséphine, l'une des meilleures amies de Pauline, partie pour une année sabbatique aux États-Unis. Un chat, ou plutôt une chatte, absolument superbe et totalement insupportable, qui miaule sa condition d'animal en permanence, ajoutant par-ci par-là quelques coups de patte bien placés parce que, quand même, faut pas déconner. Une chatte dotée d'un nom à la hauteur de sa classe et de son pedigree : Cléopâtre.

Cette petite mise au point est maintenant terminée, je vous invite à vous installer confortablement dans votre siège et à vous munir d'un bon chocolat chaud (d'un thé, ou d'un café, on n'est pas sectaire), et c'est parti pour de nouvelles aventures à Santa-les-Deux-Sapins !

David, Donovan, Lise, Maddie, Ludo, Hélène, Étienne, la Grinchette, Pilou et bien entendu Pauline vous souhaitent un bon séjour[1].

---

1. Cléopâtre, elle, vous crache dessus, le regard mauvais…

Anastasie suivra l'histoire de loin, en dégustant une bonne pâtisserie qui lui atterrira direct dans les seins… Foutue nature.

Et Valérie continuera à faire le compte de ses doigts chaque soir…

— 1 —

1er décembre – 0 h 01

Comme je l'ai toujours dit, dans la vie, il y a deux catégories de gens : ceux qui vivent onze mois de l'année dans l'attente impatiente et fébrile du douzième, qui ont des cartons entiers de décorations classées par couleur et une playlist à thème unique dès le 5 novembre…

… et ceux qui se contrefichent de Noël.

Avant de rencontrer David, j'appartenais à cette seconde catégorie et j'en étais fière. Noël n'était pour moi qu'une fête commerciale, des semaines de tempête que j'essayais de traverser tant bien que mal sans boire la tasse. Je me suis longtemps réjouie de mon programme spécial 24 décembre : pyjama, nouilles soba et Julia. Qui n'a pas regardé *Pretty Woman* un soir de réveillon, en combinaison licorne, une boîte en carton de nouilles fumantes sur les genoux n'a pas vraiment connu le bonheur.

Mais ça, c'était avant. Ma rencontre avec David, et surtout sa famille, m'a d'abord transformée en « entre-deux » – quelqu'un qui percevait le côté attachant de la fête sans en partager l'engouement. Une femme, les fesses entre deux traîneaux, donc.

Et puis, il y a eu d'autres Noëls. Il y a même eu un mariage à Noël, celui d'Hélène, la mère de David, et d'Étienne, amoureux d'elle en secret depuis des années. Alors tout a foutu le camp.

Le constat est désormais sans appel. J'ai rejoint la cohorte de la première catégorie. Mariah a botté le cul de Julia. Et je suis certaine qu'elle en jubile.

— On est obligé de faire ça maintenant ? Il est minuit passé…, soupire David.

— Justement ! On est le 1er décembre, c'est donc l'heure de décorer le sapin ! Je sais ce que tu vas me rétorquer : chez toi on ne le décore que le 24 pour ensuite en profiter tout le mois de janvier, bla-bla-bla. Mais mon nouveau moi qui aime Noël trouve que c'est trop tard.

— Je me demande si je ne préférais pas ton ancien toi, au moins lui me laissait dormir, me répond-il en bâillant.

— Tu es libre d'aller te coucher… Mais sache que je suis surexcitée depuis ce matin à l'idée d'accrocher ces magnifiques boules en strass, et qu'il m'en restera sans doute une bonne dose[1] une fois que ce sera fait. Si on s'y met à deux, on gagnera du temps…

— Passe-moi une boule ! s'enflamme David, oubliant aussi sec sa fatigue et son envie d'aller se coucher.

S'il y a bien une chose qui n'a pas changé, c'est notre attirance physique l'un pour l'autre. J'avais peur qu'en emménageant ensemble, le quotidien ne vienne à bout de notre libido. Est-ce qu'on continue à désirer l'homme vêtu d'un pyjama déformé aux couleurs passées que l'on voit s'épiler les poils du nez le dimanche matin devant le miroir de la salle de bains ? Eh bien, oui.

Fort heureusement pour moi, David n'a rien de tout ça à épiler. Et il dort nu.

---

1. D'excitation et non de boules…

Alors qu'il contourne la table basse pour me rejoindre avec ses boules[1], je le vois faire un bond de côté, tout en poussant un petit cri suraigu.

— Oui, tu as raison, tous ces sucres d'orge en plastique, ça fiche une peur bleue, me moqué-je aussitôt avant d'éclater de rire.

— Ha, ha ! très drôle. C'est cet animal maléfique que tu as accepté d'accueillir chez nous, il est planqué sous la table et m'a filé un coup de patte.

— Cléopâtre n'est pas maléfique ! m'offusqué-je. Elle est juste…

— Méchante, vicieuse, sournoise, bipolaire ?

— Oui, bon ça va, pas la peine d'en rajouter. Il faut juste lui laisser le temps de s'adapter. Ça fait à peine quelques jours que Joséphine est partie pour Seattle, c'est normal qu'elle soit un peu déboussolée. N'est-ce pas, ma Cléopatounette chérie, dis-je en me penchant pour rassurer l'animal caché sous la table basse…

… qui émet en retour un long miaulement rauque et inhospitalier.

— Tu crois qu'un chat, ça peut bouffer un être humain pendant son sommeil ?

— Non. Mais dans le doute, on fermera la porte de la chambre cette nuit.

* * *

Deux bonnes heures plus tard, je recule de quelques pas pour admirer le rendu de notre labeur. Le sapin est de toute beauté. Il déborde de guirlandes, de boules et autres trucs en suspension, le tout dans une multitude

---

1. Celles qu'on accroche sur le sapin… Vous avez vraiment l'esprit mal tourné !

de couleurs, sans aucune recherche esthétique. Il est parfait.

Je veux bien faire partie de la première catégorie mais il ne faut pas non plus exagérer. Hors de question que je me mette à faire des sapins de Noël de magazine, où il n'y a même pas une queue de renne qui dépasse.

— On va se coucher ? je lance à David d'une manière que j'espère suggestive.

Faute de réponse, je me retourne pour découvrir qu'il s'est assoupi sur le canapé. Tous les hommes sont-ils aussi canon quand ils dorment ? Attendrie, je m'approche pour lui déposer un baiser sensuel et intéressé dans le cou. La boule de poils, que j'aperçois lovée contre sa cuisse, me stoppe dans mon élan. Je suis presque sûre d'avoir lu que c'est comme les bébés : dans une telle situation, il est préférable de ne pas les réveiller.

— Bonne nuit, murmuré-je avant de quitter la pièce à pas de loup.

Père Noël, si tu m'entends, merci d'empêcher la chatte de bouffer mon petit ami…

— 2 —

14 décembre – 19 heures

J'ai beau avoir changé de catégorie et vivre désormais avec l'homme que j'aime alors que j'ai affirmé haut et fort toute ma vie qu'il n'y avait rien de mieux que le chacun chez soi – même en amour, rejetant toutes les fadaises autour du prince charmant débarquant sur son fidèle destrier pour sauver la princesse en détresse –, certaines choses en revanche sont immuables, comme l'apéro hebdomadaire avec mes meilleur(e)s ami(e)s depuis des années, Thibault, Estelle et Joséphine. Cette dernière, bien qu'à Seattle, tient à être présente en visio, faisant fi du décalage horaire qui l'oblige à s'avaler un spritz à 10 heures du matin.

Chaque jeudi soir, pendant que David joue au squash, mes ami(e)s et moi, on s'envoie des verres et on critique tout ce qu'il est possible de critiquer, à commencer par nous, avec toute la mauvaise foi dont nous sommes capables, mais sans méchanceté. C'est notre limite. Cela fait donc quatre ans qu'ils ne ratent pas la moindre occasion de me rappeler l'épisode du parking, au cours duquel je me suis illustrée en couchant avec Hervé, l'assistant DRH de ma boîte – ce qui en soi n'est pas un sujet –, oubliant au passage que le système de vidéosurveillance venait tout juste d'être mis en service dans mon immeuble – là, d'un coup, ça devient un sujet.

Et ce, même si peu de temps après cet incident malheureux, Joséphine et Hervé sont tombés amoureux.

— Hervé et moi, on vient de rompre, nous apprend Joséphine en sanglotant au moment où elle apparaît sur l'écran de ma tablette.

— Hein, quoi ? Mais pourquoi ? s'écrie Estelle en s'étouffant à moitié avec une chips au paprika.

— Ce n'est pas toi qui lui avais soumis cette possibilité d'une parenthèse dans votre histoire pendant ton année d'absence ? enchaîne Thibault.

Reniflement de Joséphine.

— Voui...

— Et tu pleures parce que...

— Parce que je ne pensais pas qu'il accepterait, voyons ! Sinon jamais je ne lui aurais proposé un truc pareil. Alors qu'il tenait enfin la parfaite occasion de me dire combien il m'aimait et que tous ces kilomètres ne comptaient pas... Ça paraît pourtant clair, non, que c'était ce que j'attendais de lui en lui proposant de faire une pause ? C'était censé renforcer notre couple, pas y mettre un terme.

— Pardon, mais vous êtes vraiment tordues, vous, les femmes. Ma copine me propose de faire une pause, je ne me dis pas d'emblée qu'elle cherche en réalité à renforcer notre couple. Si c'est ce qu'elle veut je ne sais pas moi, autant qu'elle me demande en mariage, dans ce cas, ce sera plus clair.

— J'y ai pensé, mais j'avais peur de l'émasculer. Vous êtes tellement susceptibles, *vous, les hommes*, avec ce que vous considérez comme des attributs de votre virilité.

— Laisse ma virilité tranquille, elle se porte à merveille. Elle a d'ailleurs survécu, et ce n'est pas un mince exploit, à notre brève histoire de cul.

Ça a un côté rassurant ces apéros, parce que ce sont souvent les mêmes sujets qui reviennent. Mon inconséquence dans le parking, la non-histoire d'amour entre Thibault et Joséphine, ou encore l'incapacité d'Estelle à rencontrer l'âme sœur. Mais ça, c'est seulement quand on se sera enfilé le deuxième verre – c'est-à-dire d'ici une petite demi-heure.

— Vous n'en avez pas marre de vous chamailler tous les deux ? je lance.

— Nan ! répondent-ils en chœur, morts de rire.

— Ce n'est pas drôle, reprend Joséphine, je suis *full of sadness*, on parle de l'homme de ma vie là…

— Hervé ?

Cette fois, c'est Estelle et moi qui réagissons de concert.

— Oui, Hervé. Vous ne le connaissez pas comme moi je le connais. Entre nous, c'est génial. Et maintenant, tout est fichu.

— Peut-être qu'il croit que c'est toi qui veux faire une pause, intervient Thibault, alors que lui n'en a pas envie.

— Pourquoi est-ce qu'il penserait une chose pareille ?

— Je ne sais pas moi… Parce que tu le lui as proposé ?

— Et c'est nous qui sommes compliquées ? s'offusque Joséphine. Franchement, c'est la chaussette qui se fout du camembert.

— Appelle-le, suggère Estelle. Ou envoie-lui un message. Si jamais Thibault a raison, et qu'il s'imagine que c'est toi qui voulais rompre, il doit être malheureux, lui aussi.

— D'accord. Mais c'est mieux d'attendre un peu, non ? Sinon ça fait la fille désespérée. Ou alors je lui mets juste un petit texto en mode détaché, du genre « j'espère que tu vas bien, moi ça va super », avec ça, je lui ouvre la porte pour me dire qu'il va mal.

Thibault se frappe le front de la main. C'est trop torturé et féminin pour lui ce soir.

— Et si on ouvrait nos cadeaux ? je propose pour éloigner un temps le sujet Joséphine/Hervé.

Depuis l'instauration d'un Secret Santa au bureau et les merveilleux cadeaux que j'ai reçus à cette occasion – un homard qui chante *Jingle Bells* en frétillant de la queue et un lot de rouleaux de papier toilette avec un imprimé « J'en ai plein le cul », faut-il que je le rappelle –, nous avons décidé d'en faire une tradition entre nous quatre et d'organiser un Secret Santa Caca. Le principe est simple : offrir à celui que l'on tire au sort le cadeau le plus moche possible, ce qui nous a déjà valu des fous rires mémorables. Et mine de rien, ce n'est pas si simple de trouver un cadeau bien laid, au sens noble du terme. Des choses inutiles, on en trouve à la pelle, mais de vrais cadeaux moches dignes d'un Secret Santa Caca, ça demande un minimum de recherche.

Cette année, c'est Thibault que j'ai tiré au sort et je ne suis pas peu fière de ce que je lui ai dégotté.

— Oh, des gants de pied en fourrure ! s'exclame-t-il en déballant mon paquet.

— Des chaussettes à doigts velues, pour être précise !

Joséphine se bidonne de l'autre côté de l'Atlantique.

— Celles-là, faudra pas oublier de les enlever quand tu seras au lit avec une fille.

Impatiente, j'arrache le papier cadeau qui enveloppe le mien pour découvrir des claquettes les plus hideuses qui soient : une claquette rouge avec une bouteille de ketchup sur le dessus et une autre verte avec des frites éparpillées.

— Elles sont trop belles, merci, Secret Santa Caca.

Joséphine qui a dû partir avec son cadeau dans la valise, s'extasie de son côté devant un bonnet rose pâle fait au crochet en forme de cerveau… Et Estelle hésite entre le rire et les larmes face à son moule à gâteau en forme de pénis.

— C'est en rapport avec ma vie sexuelle inexistante, c'est ça ? Pour que je me souvienne quelle forme ça a et que je ne prenne pas peur la prochaine fois que j'en croiserai un ? bougonne-t-elle.

On est au deuxième verre, le timing est respecté, pensé-je avant de pouffer de rire. Une chose est sûre, j'ai beau avoir changé de catégorie et être une aficionado de Noël, adorer vivre avec mon homme, rien ni personne ne me fera renoncer aux apéros du jeudi soir. Je les aime trop, ces trois-là.

* * *

— Alors, cette soirée ? Raconte ! me demande David en me rejoignant sur le lit après sa douche, comme à son habitude, une simple serviette enroulée autour des hanches…

J'ai ainsi tout le loisir d'admirer son corps musclé et une preuve de plus, si besoin était, que le glamour n'a pas déserté mon quotidien, loin de là.

— La routine. Thibault et Joséphine se sont chamaillés et Estelle a pleurniché sur son absence de vie sentimentale. Mais la grande nouvelle du jour, c'est la rupture entre Hervé et Joséphine. Tu te rends compte, ça faisait trois ans qu'ils étaient ensemble.

— Tu ne m'as pas dit l'autre fois que Joséphine lui avait proposé de faire une pause pendant son séjour aux États-Unis ?

— Tu ne vas pas t'y mettre toi aussi ! C'était une stratégie ! Pour qu'il lui dise qu'aucune distance ne lui faisait peur et que leur amour était indestructible.

— Une stratégie ? Ah, bravo, je m'incline devant tant d'intelligence. Estelle et toi étiez dans le comité de décision également ?

— Pas cette fois, répliqué-je, un poil vexée. Mais c'était bien pensé. Elle a juste oublié qu'elle s'adressait à un être psychiquement inférieur n'ayant aucun accès à la subtilité. Un homme.

— « Psychiquement inférieur », rien que ça, réplique David, amusé. J'espère que notre cohabitation n'est pas trop pesante pour toi…

— Pour être tout à fait honnête, il y a des jours plus simples que d'autres. Cela dit, en ce qui te concerne, tu compenses cette carence par des qualités qui ne sont pas inintéressantes.

— Tiens donc. Je crois qu'en raison de mon absence de subtilité, je vais devoir te demander de développer un peu.

— Je vais te montrer plutôt, ce sera plus efficace.

Et, d'un geste sûr, je dénoue la serviette qui entoure ses hanches.

— 3 —

16 décembre

Je suis toujours très heureuse quand nous prenons la route pour Santa-les-Deux-Sapins – je vous jure, un nom de village pareil, ça ne s'invente pas – à cette période de l'année.

Enfin, pour être tout à fait exacte, la première fois, j'avais envie d'y aller comme de me faire arracher une dent de sagesse sans anesthésie. J'étais sous le coup d'un anéantissement de ma dignité pour cause de diffusion imminente d'une vidéo humiliante. Pour tenter de l'empêcher, j'avais dû accepter de jouer la petite amie de David, gardien de mon immeuble de son état, un gars agréable à regarder mais horripilant. Il y avait de quoi ne pas être à la noce ! À quel moment est-il juste devenu « agréable à regarder », je ne saurais le dire précisément. Sans doute entre une balade en traîneau à chiens et un bon petit plat calorique et réconfortant mitonné par Hélène, sa mère, grande prêtresse des fêtes de Noël.

Il m'a fallu un peu de temps pour m'habituer à cette ambiance très familiale. Pour une fille unique dont les parents ne fêtent pas Noël, c'est l'équivalent d'une autre planète. David, Donovan et Maddie s'aiment autant qu'ils se charrient. Nul besoin d'aller au théâtre, il suffit qu'ils soient tous les trois réunis pour être au spectacle. Lise, Ludo et moi, les pièces rapportées, ne boudons pas notre plaisir. Surtout Ludo qui a longtemps été le seul auditoire et qui apprécie désormais d'avoir enfin de la compagnie pour compter les points.

Je suis ravie que Lise et Donovan aient choisi de quitter définitivement l'Australie. Ils nous ont beaucoup manqué l'an passé, sans parler du chagrin d'Hélène de ne pas avoir ses trois enfants réunis pour cette fête qu'elle attend avec tant d'impatience. La cérémonie d'ouverture de la saison, moment familial entièrement pensé et organisé par elle, n'a pas été des plus joyeuses.

Cette année, nous serons tous réunis de nouveau. Je m'en réjouis d'autant plus car, dans le plus grand secret, Hélène m'a confié une importante responsabilité : celle du choix des pulls que chacun devra porter lors de cette cérémonie. Ça m'a pris des heures de recherches, mais j'ai fini par en dégotter des parfaits pour l'occasion. Tout le monde s'attend à revêtir les pulls habituels avec bois de renne ou carotte de bonhomme de neige… Ils ne sont pas prêts.

— Tu ne veux vraiment pas me dire ce qu'il y a dans ce gros sac ? me questionne David pour la troisième fois depuis que nous sommes partis, en débarrassant le coffre.

Il a essayé de me tendre des pièges pendant tout le trajet, je les ai déjoués, mais surtout j'ai résisté à l'envie de tout lui déballer, excitée comme une ado devant une star de K-Pop[1].

— Non, je ne te dirai rien. Inutile d'insister.

— OK, OK, j'arrête. Mais sache que je n'ai pas dit mon dernier mot. Il se pourrait bien que j'use de certaines de mes qualités qui ne sont pas inintéressantes pour te faire parler.

---

1. Une star de K – quoi ? Rendez-nous Beyoncé !

Je n'ai pas le temps de crier à l'anti-jeu que Hélène ouvre la porte du chalet, laissant s'échapper Pilou – dont le nom ne dit pas la race, ni le poids – qui bondit vers nous pour nous accueillir. Les bras chargés, mal campée sur mes appuis, je chancelle sous la charge du chien des montagnes, bascule en arrière et termine les fesses dans la neige.

Un éclat de rire enfantin conclut la scène.

— Tata Baleine, elle va avoir le culcul tout mouillé ! lance la Grinchette.

Du haut de ses quatre ans, ayant acquis les bases des consonnes et des voyelles, elle pourrait tout à fait aujourd'hui m'appeler tata Pauline, mais il semblerait que tata Baleine soit bien plus amusant.

— Si tu me dis ce qu'il y a dans le gros sac, je t'aide à te relever, me murmure David à l'oreille.

Le bougre. Mais je ne céderai pas au chantage. Il en va de mon intégrité. Dans un mouvement aussi inefficace que disgracieux, je pose ce que je tenais dans mes bras, tente de prendre appui sur le sol avec mes mains et de décoller mon fessier, qui choisit ce moment pour faire ventouse avec la neige.

La Grinchette est hilare ; Pilou, pensant sans doute m'apporter son aide canine, me donne des grands coups de langue sur les joues ; David, amusé, ne bouge pas le petit doigt. Voilà des vacances qui s'annoncent sous les meilleurs auspices !

* * *

Dix minutes plus tard, dépourvue d'un fessier fonctionnel, celui-ci ayant congelé, mais toujours gardienne du secret des pulls, j'admire le chalet d'Hélène. Rien n'a vraiment changé depuis notre dernière visite, mais je reste éblouie par la beauté du lieu. Avec ses larges poutres apparentes au plafond, son énorme lustre composé de multiples branches et boules de verre, son parquet laqué recouvert çà et là de grands tapis épais gris clair et lavande, son canapé agrémenté de plaids, sa cuisine ouverte, le rez-de-chaussée s'étend sur une vaste surface. Le clou du spectacle : l'immense baie vitrée qui court le long de la quasi-intégralité du mur et offre une vue imprenable sur les montagnes.

Chaque fois que nous venons ici, cette baie vitrée m'attire comme un aimant. Qui n'a pas vu de coucher de soleil à la montagne n'a pas vu de coucher de soleil. Hypnotisée, je regarde l'astre décliner lentement, inondant les arbres d'une lumière incandescente.

— C'est beau, hein, me dit Hélène en me rejoignant. Je crois que pour rien au monde, je ne renoncerais à cette vue. J'ai beau être témoin de ce spectacle tous les soirs, je ne m'en lasse pas. C'est toujours la même émotion, ajoute-t-elle en essuyant une larme qui pointe au coin de son œil.

— Pauline ! s'écrie Maddie après avoir descendu quatre à quatre les escaliers menant aux chambres. Il me semblait bien avoir entendu des voix. Ça a été la route ? Tu n'as pas été malade cette fois ?

En réalité, je n'ai été malade que la première fois, mais c'est comme l'histoire du parking, le fait d'avoir vomi sur les chaussures de David à mon arrivée va me poursuivre jusqu'à la fin des temps.

— Tu sais que Samantha réclame sa tata Baleine depuis des jours et des jours, poursuit-elle. Tu racontes les histoires bien mieux que moi, apparemment. Oh, et il faudra qu'on te montre la grange que Lise a aménagée pour les mariages ! Elle a fait un boulot de dingue. On affiche complet pour les trois prochains mois. Qui sait, peut-être que j'aurai bientôt le plaisir de créer une robe pour toi… Et ne viens pas me dire que tu n'as pas envie de te marier, je n'en crois pas un mot ! Même si je me demande encore ce que tu peux trouver d'intéressant chez mon frère, tous les deux, vous êtes destinés à la marche nuptiale.

Quelle joie de retrouver Maddie et sa verve. La distance géographique cumulée à nos vies professionnelles bien remplies ne nous permettent pas, hélas, de nous voir très souvent. Les fêtes de Noël sont donc l'occasion de rattraper le temps perdu.

— Et si on dînait entre filles ce soir ? propose-t-elle soudain. Ça fait tellement longtemps. Maman et Étienne ne seront pas là de toute façon, ils doivent participer à une sorte de réunion extraordinaire du conseil municipal, ajoute-t-elle pour me convaincre. Et les garçons s'occuperont de Sam. À eux trois, ils devraient s'en sortir. Quoique, avec ma fille, rien n'est moins sûr. Cette enfant a une capacité hors norme à imaginer des bêtises. Mais grâce à sa frimousse d'ange, tout le monde lui mange dans la main. Le fait d'être née un 25 décembre y est peut-être pour quelque chose…

Je m'apprête à accepter son invitation avec joie lorsqu'un cri rauque à glacer le sang nous hérisse les poils.

— C'était quoi, ça ? murmure Maddie, terrifiée. On aurait dit… une sorte d'ours.

— Ça, la rassure David, assis sur le canapé, c'est seulement Cléopâtre, le chat de Joséphine, qui nous informe qu'elle est heureuse d'être là. Néanmoins, si vous tenez à vos doigts, je vous conseille de ne pas les approcher tout de suite de la cage de transport…

— 4 —

16 décembre – L'heure du dîner entre filles

Maddie a réservé une table au Lutin's, un restaurant au cœur du village dans lequel on mange le meilleur jambon laqué au miel des environs. La décoration est plutôt minimaliste, quelques guirlandes lumineuses, des couronnes de gui suspendues, trois ou quatre sapins par-ci par-là… À l'image de Santa-les-Deux-Sapins, dédié à Noël et au gros bonhomme rouge.

La commande de cocktails à peine passée auprès du serveur – un traîneau diabolique pour moi et deux rennes fougueux pour les filles –, les questions de Maddie et de Lise fusent.

— Comment se passe la vie à deux ?

— Est-ce qu'il en met partout quand il va aux toilettes ?

— Il ronfle ?

— Vous envisagez de faire un bébé ?

— Au lit, c'est toujours aussi torride ou la cohabitation a réduit à néant votre libido ?

— Alors, dans l'ordre : ça se passe super, heureusement non, parfois, non, et oui, c'est toujours aussi satisfaisant. Ça vous va ?

— Satisfaisant ? Tu n'as rien de plus croustillant ?

— Rien que je puisse te dire. Dois-je te rappeler que c'est ton frère dont il est question ?

— Pourquoi est-ce que mes deux meilleures copines se trouvent être mes belles-sœurs ? maugrée Maddie. Ne pas pouvoir parler de sexe lors d'un dîner entre filles, ça craint, je vous le dis.

— Ludo n'étant pas notre frère ni à l'une ni à l'autre, vas-y, toi, raconte. Nous sommes tout ouïe, n'est-ce pas, Lise ? je lance avec un sourire de connivence à ma voisine.

— Oh tu sais, nous… On couche utile, alors…

— Comment ça, vous couchez utile ?

— On essaie toujours d'avoir un deuxième enfant. Quand je pense que je n'étais pas chaude pour le premier et que maintenant je me morfonds dans l'attente des nausées et des hémorroïdes de grossesse… La vie est mal faite.

— Ça fait combien de temps que vous essayez ? Six mois ?

— Sept mois, 24 jours et 12 heures, précise Maddie, ce qui nous fait éclater de rire. Ce n'est pas drôle, je vous signale !

— Pardon, tu as raison, ce n'est pas drôle, intervient Lise, tentant de refouler son hilarité. Mais tu ne nous aides pas avec ton air de Pilou battu.

— Si vous étiez à ma place, avec si peu de sexe, vous feriez la même tête !

Je m'étonne de cette stratégie :

— L'idée n'est pas justement d'y aller un maximum, histoire de mettre toutes les chances de votre côté ?

— Il paraît que trop de rapports peuvent avoir pour effet d'appauvrir le sperme, et qu'il vaut mieux le préserver pour les jours d'ovulation. Vu que ça fait un moment qu'on essaie, le médecin nous a conseillé de jouer la carte de l'abstinence hors période. Alors crois-moi, lorsque arrive la fameuse semaine, Ludo est carrément sous pression et je n'ai pas encore posé le pied sur la première marche que lui est déjà en haut de l'escalier, en train de sautiller comme Rocky Balboa. Et tout ça, pour quel résultat ? Aucun. Je suis donc frustrée à tous les niveaux. C'est pour ça que frère ou pas frère, j'exige d'être émoustillée par des histoires de sexe à visée non procréative. Qui se dévoue ? nous demande-t-elle en nous regardant à tour de rôle.

— La dernière arrivée dans la famille a un gage, débité-je à toute vitesse. Alors, Lise, raconte un peu, comment ça se passe sous la couette avec ce cher Donovan ?

— Bien, ça se passe bien… Donovan est tendre et attentif, commence Lise.

— Non, non, non, ça ne va pas du tout, se lamente aussitôt Maddie. Balance-moi du chaud bouillant, des corps fiévreux, de l'orgasme de compétition…

— OK, d'accord ! Mais d'abord, je veux que vous me promettiez de ne pas répéter à Donovan ce que je vais vous raconter…

— Promis ! jurons-nous en chœur, avant de saisir nos cocktails fraîchement déposés devant nous.

— Il se trouve que je suis fan de *Dirty Dancing*, mais genre vraiment fan. Et que j'ai toujours fantasmé sur cette scène entre Bébé et Johnny, vous savez, quand elle va le rejoindre pour la première fois dans sa chambre… Eh bien, hier soir, quand je suis rentrée à la maison après une journée bien chargée, Donovan m'attendait debout dans le salon en pantalon noir et torse nu, sur la musique de *Cry To Me*. Il a dit : « Danse avec moi »… Et on a joué la scène. Exactement comme dans le film, ajoute-t-elle avant de rougir jusqu'aux oreilles.

— On parle bien de mon frère, là ? Donovan ? Le gars raide comme un piquet quand il s'agit de bouger en rythme et qui a le romantisme d'une tête de brocoli ?

— Oui oui, acquiesce Lise. Lui-même ! Il a pris quelques cours, *a priori*. C'était l'expérience la plus sensuelle de toute ma vie. J'ai grimpé tellement haut que j'ai eu du mal à redescendre.

— Maintenant que tu le dis, j'ai l'impression que tu n'es pas encore complètement redescendue. C'est malin, à présent je suis frustrée *et* jalouse ! Moi aussi, je veux rejouer ma scène d'amour préférée.

— C'est quelle scène ? je demande à ma belle-sœur, curieuse.

— Celle entre Jack et Rose, dans *Titanic*. Le souci c'est qu'il faut trouver une vieille voiture des années 1900…

— Et un paquebot ! je ne peux m'empêcher d'ajouter en rigolant.

* * *

Quand nous poussons la porte du chalet d'Hélène à notre retour du restaurant, nous ne sommes pas préparées au chaos qui y règne. Une explosion dans un magasin de jouets n'aurait pas fait plus de dégâts. Des cubes, des poupées, des camions, des boîtes de jeu sont éparpillés partout. Tout le matériel ludo-éducatif en stock a dû y passer.

Nous avançons au ralenti, écartant les jouets du bout de nos chaussures pour nous frayer un passage jusqu'au canapé sur lequel sont assis nos trois baby-sitters du soir, en rang d'oignons.

Lorsqu'ils tournent la tête vers nous, j'éclate de rire.

— Tonton David est une princesse ! me lance la Grinchette, avec un grand sourire qui traduit sa fierté.

Si on considère qu'une princesse a de gros ronds de blush sur les joues, de l'ombre à paupières violette étalée bien au-delà des sourcils et une bouche recouverte de rouge à lèvres incluant le menton au passage, oui, David est une princesse… Une princesse de fin de soirée qui s'est enfilé trois litrons de vodka.

— Elle a refusé d'aller dormir, tente d'expliquer Ludo, dont le visage ressemble à peu de chose près à celui de David, à la différence que lui a hérité d'un trait – enfin un trait… disons plutôt une balafre – d'eye-liner.

— Moi. Pas. Fatiguée ! scande la petite serial-maquilleuse.

Lise a la présence d'esprit de sortir son téléphone de son sac et d'immortaliser la scène. Bénie sois-tu, Lise, pour cette initiative ! Voilà de quoi éloigner pour un temps les allusions à cette histoire de parking.

Je ris tellement que mes yeux se brouillent de larmes. Maddie, elle, se tient les côtes.

— Oui bon ça va, y a pas de quoi…

En fait si, il y a de quoi, Donovan, crois-moi…

— Et puis vous rirez moins quand vous saurez où elle est allée chercher tout ce maquillage, poursuit-il, l'air narquois.

Oh, pour un tel résultat, le sacrifice d'un tube de rouge à lèvres en valait la peine.

— À ton tour, tata Baleine ! Toi aussi tu es une crès belle princesse !

J'attrape au vol la fillette qui court vers moi et lui retire les armes des mains.

— C'est mieux si on s'arrête à ton papa et à tes tontons. Ils vont être jaloux, sinon. Ils sont vraiment de magnifiques princesses.

— Je veux prendre une photo pour montrer à l'école demain !

Je réprime tant bien que mal un nouvel éclat de rire.

— En voilà une bonne idée !

Samantha se précipite vers un bac et en extrait l'appareil photo numérique pour enfant que je lui avais offert en cadeau d'anniversaire l'année dernière (pas forcément approprié pour son âge, oui, je m'étais un peu emballée).

— Fais un sourire, papa, c'est pour le ptit oustiti !

* * *

Quand Hélène et Étienne sont de retour, moins d'une heure plus tard, le salon a repris sa forme initiale. Les princesses, Maddie, Lise et moi avons retroussé nos manches et à nous six, nous avons rangé en deux temps, trois mouvements le bazar causé par la tornade de quatre ans, à présent couchée, bien fatiguée par sa soirée. Les hommes, démaquillés, nous enjoignent du regard à respecter notre promesse de ne pas ébruiter cette histoire.

Mais la mine sombre d'Hélène nous détourne de toute façon du sujet.

— Un souci, maman ? s'inquiète David. La réunion ne s'est pas bien passée ?

Étienne avance une chaise et invite sa femme à s'asseoir avant de s'éclipser vers la cuisine pour lui préparer, j'imagine, une grande tasse de chocolat chaud, remontant idéal pour moral en berne.

— À vrai dire, je ne sais pas trop… commence-t-elle. Vous ne devinerez jamais qui est venu à notre rencontre ce soir. Romuald de Wassa.

— Romuald de Wassa ! s'exclame aussitôt Maddie. Attendez… C'est qui, Romuald de Wassa ?

— Un ancien camarade de classe. Nous étions en primaire ensemble. Son père dirigeait une usine de fabrication de papier. Un jour, l'usine a fermé et toute sa famille a quitté le village. J'étais triste parce que Romuald était un bon copain. Il nous a expliqué que son père avait connu plusieurs revers de fortune qui avaient conduit à leur départ. Des commandes avaient été annulées, alors il avait demandé un prêt à la banque, ainsi qu'une aide auprès de la mairie, mais il n'avait essuyé que des refus. Il avait donc dû se résoudre à vendre son usine au rabais, compte tenu de l'urgence de sa situation. C'est comme ça que l'usine a été rachetée par M. Nicolas, qui a abandonné la production de papier pour celle de boîtes à musique.

— M. Nicolas, c'est bien l'homme qui est décédé il y a quelques semaines ? demande Lise.

— Oui, c'est lui, confirme Donovan. Les ouvriers étaient très affectés d'apprendre sa disparition. Il était apprécié de tous. Et ils s'inquiétaient au sujet de leur avenir. Produire des boîtes à musique n'est pas très lucratif et l'usine fait face depuis quelque temps à une baisse de chiffre d'affaires régulière. Qui allait bien vouloir reprendre les rênes…

— Romuald de Wassa, le coupe Hélène. C'est ce qu'il est venu nous annoncer. Il a fait une offre de reprise auprès de l'administrateur testamentaire en charge du dossier, et celle-ci devrait être validée d'ici fin décembre.

— Ça n'a pas l'air de te réjouir ? s'étonne Maddie.

— J'ai un mauvais pressentiment. Je n'ai pas aimé ce que j'ai lu dans son regard. Il n'était pas simplement heureux de nous apprendre cette nouvelle, non… C'était plus ambigu que la joie, il y avait quelque chose de mauvais derrière son sourire.

— Tiens, ma chérie, l'interrompt Étienne en déposant une tasse fumante entre ses mains. Voilà un bon chocolat chaud comme tu les aimes. Avec de la crème et un soupçon de cannelle. Nous serons vite fixés de toute façon. Romuald organise une petite réunion à l'usine demain matin. Tout le monde est convié.

— Comment ça, tout le monde ? je demande, étonnée.

— Tout le monde. Tout le village. Apparemment, ce qu'il a à dire est susceptible d'intéresser Santa-les-Deux-Sapins au complet.

— Je comprends pourquoi ça ne te dit rien qui vaille, intervient David qui s'assoit à côté de sa mère et passe un bras autour de ses épaules pour la réconforter.

Je ne l'ai jamais vue aussi inquiète. Même au pire moment de la visite des juges pour le concours international du plus beau village de Noël, elle avait meilleure mine que ce soir.

— Tu sais quoi, maman, demain c'est demain ! lance Maddie. En attendant, laisse-moi te montrer quelques petites photos qui vont te changer les idées.

On a promis…

On n'a pas dit « Croix de bois, croix de fer, si on ment on va en enfer »… Et il en va du moral d'Hélène, après tout !

— 5 —

17 décembre – 12 h 12

La nouvelle de l'invitation de Romuald de Wassa s'est répandue comme une traînée de poudreuse, si j'en crois le nombre d'habitants de Santa-les-Deux-Sapins réunis devant les grilles de l'usine. J'ai le sentiment d'être dans un remake de *Charlie et la Chocolaterie*. La préoccupation se lit sur les visages qui m'entourent. Les changements ne sont pas les bienvenus au pays des traditions.

C'est le futur propriétaire lui-même qui vient nous accueillir, flanqué d'un adolescent à la mine renfrognée, le front mangé par des cheveux en bataille et les mains enfoncées tout au fond de ses poches.

— Je suis heureux de voir que vous êtes si nombreux à avoir accepté mon invitation. Je vous présente mon petit-fils, Archibald. D'ici quelques minutes, vous allez découvrir des prototypes de la future production de l'usine et je suis certain que vous partagerez mon enthousiasme. Je vous exposerai également les grandes lignes de mon projet. Suivez-moi.

Il se retourne puis se dirige vers un hangar situé à côté du bâtiment principal.

— C'est souvent là que les shootings promotionnels ont lieu lorsqu'on présente les nouveautés, nous informe Donovan à voix basse.

Nous suivons à distance Romuald de Wassa, qui marche d'un bon pas, dans un silence quasi religieux. Depuis l'annonce d'Hélène hier soir, je me demande à quoi peut bien rimer tout ce cérémonial. En général, un directeur d'usine se fiche d'avoir l'assentiment de la population locale. Et c'est ce qui me fait redouter le pire.

Au milieu du hangar ont été installées des tables recouvertes de nappes blanches en papier. Plusieurs assiettes surmontées de cloches en argent sont disposées au centre.

Je pense pouvoir rayer de ma liste mentale l'hypothèse que l'usine se mette à fabriquer des chars d'assaut. Toute la nuit, mon cerveau a imaginé des scénarios, du pire à l'improbable. « Santa-les-Deux-Sapins, fameux village à la pointe de la production d'obus et de lance-missiles », il y avait de quoi frémir.

— Comme vous le savez, se lance Romuald de Wassa une fois que nous sommes tous agglutinés devant les tables, aujourd'hui, les gens n'ont plus de temps à perdre derrière les fourneaux. Nous vivons dans une société où tout doit aller vite, la moindre minute envolée et c'est une transaction boursière perdue, un investissement manqué. Bref, chaque minute, que dis-je, chaque seconde compte. Pour autant, les gens ont envie de continuer à manger de bonnes choses savoureuses. Ils veulent le goût du mijoté, sans l'attente du mijotage. C'est exactement la promesse de nos produits. Je vous présente la révolution culinaire du XXIe siècle : Tarti'Noël, tout Noël sur une tartine.

Joignant le geste à la parole, il décloche les assiettes les unes à la suite des autres. Celles-ci contiennent des tubes qui ressemblent à s'y méprendre à du concentré de tomates.

— Voici la première création de la gamme, la Tarti'Dinde. Il s'agit d'une pâte au goût de dinde aux marrons. Mais, à la différence de celle-ci, il ne sera pas nécessaire de passer des heures en cuisine à la préparer ou à patienter devant le four pour l'arroser des dizaines de fois, non, il vous suffira de faire griller une tranche de pain et d'étaler dessus une généreuse couche de notre Tarti'Dinde. Je me suis entouré d'une équipe de chimistes qui a synthétisé les molécules gustatives du filet de dinde afin d'en parfumer nos pâtes à tartiner. Nous sommes bien entendu en train de travailler sur d'autres saveurs et d'ici quelques semaines, nous serons en mesure de vous faire goûter notre Tarti'Truche, une pâte version « Pavé d'autruche aux airelles ». Est également en phase de développement une bûche en poudre que vous pourrez reconstituer en quelques secondes au micro-ondes avec juste un peu d'eau. Un vrai repas de fête, pour un minimum de temps de préparation : le rêve de tout un chacun.

Il nous invite à nous rapprocher pour tester sa pâte à la dinde. Je le regarde, mi-dégoûtée mi-fascinée, dévisser le bouchon d'un des tubes, puis presser pour faire apparaître une pâte épaisse et marronnasse qu'il laisse tomber sur une tranche de pain avant de l'étaler à l'aide d'un couteau.

— Vu l'heure, je suis certain que bon nombre d'entre vous ont faim, alors, venez vous régaler !

Si je valide le constat, en revanche, je suis bien plus sceptique sur la régalade. J'ai beau être consommatrice de plats tout préparés sans prise de tête, j'avoue que la pâte à la dinde ne m'envoie pas du rêve. Mais, puisqu'il paraît qu'il faut vivre dangereusement, je prends un morceau de pain prétartiné dans une assiette et en croque un morceau. La texture est pour le moins étrange, accomplissant l'exploit d'être à la fois épaisse et flotteuse, avec en prime une sensation granuleuse. Côté goût, je dirais vieille dinde rance un peu trop cuite. Le pain, lui, est savoureux. Je vais me contenter d'un sandwich au pain, ça ira très bien. J'observe du coin de l'œil les courageux qui se sont approchés pour tester la fameuse « révolution culinaire » : certains en ont carrément des haut-le-cœur.

— Délicieux, n'est-ce pas ? nous lance Romuald de Wassa. Tout Noël sur une tartine, voilà la promesse que nous tenons.

Quels Noëls peut-il avoir vécus pour penser que cette pâte infâme tient une telle promesse ? Est-ce qu'il compte servir ce truc à sa famille dans quelques jours ? Je plains le pauvre Archibald qui, d'ailleurs, n'a pas goûté à la mixture.

Jamais un produit aussi infect ne se vendra. À mesure que cette certitude s'impose, je pense à tous les ouvriers de l'usine.

— L'avantage de cette production, c'est qu'elle est très pauvre en main-d'œuvre, indique M. de Wassa, comme s'il lisait dans mes pensées. Des machines géreront l'ensemble du processus de fabrication quasiment de manière autonome, sans interruption. Rendement et rentabilité maximum.

Je m'en étouffe presque avec ma tartine à la dinde. De Wassa jubile.

— Vous l'avez compris, la reprise de cette usine va donc s'accompagner d'un plan social massif. Nous allons être contraints de licencier une très grande partie du personnel. Sachez que ça me fend le cœur de vous l'apprendre ainsi, qui plus est à la veille de Noël.

Il s'interrompt, fait semblant d'essuyer une larme imaginaire. Mais il ne trompe personne. Le plaisir suinte par tous les pores de sa peau. Un murmure de protestation s'élève. Il n'y a pas une famille de Santa-les-Deux-Sapins qui ne dépende tout ou en partie du maintien de l'usine, la seule à des kilomètres à la ronde. C'est le premier employeur du village.

— Je comprends votre désarroi, et je peux vous assurer que j'y suis sensible. C'est pour ça que j'ai demandé qu'aucune procédure de licenciement ne soit lancée avant le 1er janvier. Par ailleurs, chaque salarié qui devra nous quitter se verra offrir en cadeau de départ un carton de nos délicieuses Tarti'Dinde.

— Vous n'avez pas le droit de faire ça ! s'écrie un homme dans l'assistance.

— Bien sûr que si, j'en ai le droit. Je rachète l'entreprise alors qu'elle n'est pas au mieux de sa forme financière. Je change la production et n'ai donc plus nécessité de garder la même quantité de main-d'œuvre, c'est courant dans le domaine de l'industrie. Le monde change, il faut vous adapter avec lui. Mon père a bien connu ça quand il a dû tout quitter, quand on a dû boucler nos valises en quelques jours parce que nous occupions un logement de fonction qu'il fallait rendre. Et ça, un 22 décembre. Si j'y ai survécu, vous survivrez.

— C'est donc ça, Romuald. Tu es là pour te venger, intervient Hélène. C'est parce que ton père n'a pas obtenu l'argent dont il avait besoin que tu prends ta revanche aujourd'hui ?

— Je suis un homme d'affaires, je fais donc des affaires. Ce qui implique parfois de licencier des employés. Je ne le fais jamais de gaieté de cœur, crois-moi.

— Tu mens ! Ça se voit dans tes yeux. Tu te réjouis de notre malheur. Je ne sais pas ce qu'il s'est passé avec ton père, j'étais trop jeune pour comprendre, à l'époque, mais je sais que nous n'avons rien à voir avec tout ça. Tu ne peux pas nous punir pour une histoire qui n'était pas de notre fait.

— Nous n'étions peut-être que des enfants, mais le conseil municipal, lui, était composé de membres en âge d'agir. La demande d'aide de mon père a été mise au vote et personne ne s'est prononcé en sa faveur, personne. Sais-tu ce que c'est d'entendre son père pleurer tous les soirs ? De le voir ensuite trimer et accepter deux, voire trois boulots pour éponger des dettes ? Est-ce que tu sais ce que ça fait, Hélène ? Je ne crois pas. Sur son lit de mort, je lui ai promis de réparer l'injustice que notre famille a subie… Et comme je vous l'ai dit, je suis un homme et un entrepreneur qui tient ses promesses.

— Tu es prêt à dépenser ton argent dans une production vouée à l'échec, juste par esprit de vengeance ?

— Vouée à l'échec ? Sache que j'ai de grandes ambitions pour Tarti'Noël. Mais si d'aventure, ça ne devait pas marcher, j'aurais le plaisir de vous avoir réduits en miettes. Donc oui, ça vaut la peine de dépenser de l'argent. Même tout mon argent, s'il le faut.

— Il y a sûrement quelque chose que l'on puisse faire pour que tu changes d'avis ? l'implore Hélène. Est-ce ce qu'aurait voulu ton père ? Que tu rendes tout un village aussi malheureux que tu l'as été ?

Romuald de Wassa marque un temps d'arrêt. Les arguments d'Hélène semblent l'avoir ébranlé.

— Pour sauver son usine, mon père avait besoin d'une somme qui équivaudrait aujourd'hui à 175 000 euros. Si vous m'apportez cette somme, je me retire et vous pourrez à loisir continuer à fabriquer des boîtes à musique ridicules et à perte. Je vous laisse jusqu'au 26 décembre, midi. Passé ce délai, l'offre de reprise sera ferme et définitive, et Tarti'Noël prendra son envol.

— 175 000 euros… Mais comment veux-tu que nous réunissions autant d'argent en si peu de temps ? Le village compte à peine une centaine de familles, même si chacune d'entre elles donnait quelque chose, voire cassait sa tirelire, jamais nous n'y parviendrons.

— Ce n'est pas mon problème. Nous n'avions guère eu plus de temps pour nous retourner. Le marché que je vous propose est plus que généreux, c'est à prendre ou à laisser. Allez viens, Archibald, rentrons.

Il tourne les talons, suivi par son adolescent de petit-fils qui n'a même pas ouvert la bouche. Sur la table, il reste les tubes de pâte à la dinde à moitié entamés. Tu parles d'une consolation…

* * *

Hélène s'affaire en cuisine. Maintenant que je la connais, je sais que c'est pour elle un moyen de lutter contre le stress. Quand elle est devant les fourneaux, elle oublie tout. Et pour le bonheur de nos estomacs, c'est une cuisinière très douée. Les effluves des pommes de terre en train de rissoler dans la poêle avec un mélange d'herbes et d'épices me font saliver.

L'ambiance n'est pas vraiment à la fête depuis que nous sommes rentrés. Même si aucun de nous ne voit son emploi menacé, nous nous sentons concernés par le devenir de tous ceux qui travaillent à l'usine. Et puis des tubes de pâte à la dinde, quelle publicité négative pour le si beau village qu'est Santa-les-Deux-Sapins ! Si seulement on trouvait un moyen de rassembler les 175 000 euros que l'autre énergumène dépourvu de cœur et de papilles demande… Mais je ne vois pas comment un tel exploit serait possible, qui plus est en moins de dix jours.

— Eurêka ! J'ai trouvé ! Il nous suffit de participer aux Jeux olympiques et de gagner des médailles. J'ai vu un reportage à la télévision l'autre jour, et le journaliste disait qu'un athlète empochait 65 000 euros pour une médaille d'or, 25 000 euros pour une médaille d'argent et 15 000 euros pour une médaille de bronze. Rien que sur une discipline, ça nous donne un potentiel de 105 000 euros ! David, Donovan et moi on rafle les médailles sur une épreuve, Lise et Pauline remportent les premières places sur une autre, et on est sauvés !

Maddie est tout sourires, les yeux brillants d'excitation.

— En voilà une excellente idée, ma chère sœur, est-ce que tu peux nous dire à quelle discipline olympique tu penses, qu'on se mette tout de suite à s'entraîner ?

— Je ne sais pas moi… Le bobsleigh, par exemple ! Ça ne doit pas être bien sorcier. Il faut simplement courir pour pousser l'engin, sauter dedans à la dernière seconde et rester assis jusqu'à l'arrivée. Vous devriez en être capables, non ? Mais si c'est trop physique pour vous, on peut aussi envisager ce sport, là, où il faut balayer la glace à toute vitesse devant une sorte de pierre.

— Le curling ?

— Oui, voilà ! Le curling ! Ça doit être à votre portée ça, non ?

— De la part de quelqu'un qui peine à faire trois pas dans la neige sans se casser la figure, je trouve cette remarque un peu déplacée. Mais allez, soyons magnanimes, et envisageons la chose. Tu oublies un léger détail, ma chère sœur.

— Ah oui, lequel, mon cher frère ?

— Les prochains Jeux olympiques d'hiver se tiendront en 2026. Mais si tu penses réussir à convaincre l'autre craquotte[1] d'attendre encore trois ans, tous les espoirs sont permis.

— Ce n'est pas tous les ans, ces machins ? soupire Maddie, dont le regard s'éteint aussi vite qu'il s'est allumé.

— Hélas, non. Mais hormis ce point, c'était vraiment une excellente idée. Et dire que nous étions à deux doigts de sauver l'usine, foutu calendrier olympique, raille Donovan.

— Tu es un génie, ma fille ! s'exclame Hélène en posant au milieu de la table un plat fumant de pommes de terre à l'aspect on ne peut plus croustillant ainsi qu'une casserole d'œufs brouillés.

1. Vous avez la ref ?!

— Maddie, un génie ? Tu penses réussir à convaincre le comité olympique d'avancer les jeux de trois ans ? demande David à sa mère.

— Mais non, bien sûr que non. Mais il n'y a pas que ces jeux-là qui permettent de gagner de l'argent ! Il y a les Olympiades de Clausanne ! Nul besoin d'être un athlète pour espérer remporter des épreuves. C'est une brillante idée que tu as eue, Maddie, merci.

— Elle a proposé de participer aux J.O., bougonne Donovan, pas de devenir le plus gros mangeur de pancakes en moins d'une minute.

Les Olympiades de Clausanne ? Une recherche discrète sur Internet grâce à mon téléphone me confirme qu'en effet, elles existent.

« Chaque année, à Clausanne sont organisées des olympiades qui ont rendu cette ville de 50 000 habitants célèbre. Les participants affluent de la France entière pour tenter leur chance lors de mythiques épreuves telles que la course de chaises sur glace, le taureau mécanique sur neige ou encore le plus gros mangeur de pancakes. »

Pourquoi suis-je encore surprise… Les Olympiades de Clausanne, ça ne s'invente pas, un truc pareil[1].

— Les gains ne sont pas très élevés. Il faudrait gagner beaucoup d'épreuves… 175 000 euros, c'est une sacrée somme.

Je n'ai pas envie de casser l'ambiance mais il faut bien que quelqu'un soit réaliste autour de cette table.

— Évidemment, ça ne suffira pas. Mais c'est un début. Il y a des tas d'autres choses que nous pourrions faire pour récolter des fonds, persiste Maddie. Par exemple, des représentations de la chorale du village ou alors un défilé de robes de mariée qui seront vendues aux plus offrants…

1. Non, vraiment pas…

— En Australie, il arrive même que des hommes soient mis aux enchères lors des galas de charité, ajoute Lise.

— Des hommes ? s'offusque Donovan en avalant une pomme de terre de travers.

— Oui, des hommes. Pourquoi les femmes seraient-elles toujours les seules à être traitées comme des bêtes de foire ?

— Si tu ne veux pas qu'une certaine partie de ton anatomie passe quelques nuits toute seule recroquevillée au fond de ton caleçon dans le noir, fais bien attention à ce que tu vas répondre, frangin, jubile Maddie.

Lise est rouge écarlate.

— Mais je suis tout à fait pour la parité dans ce domaine. J'ai juste été surpris, c'est tout. Si vous décidez d'organiser une mise aux enchères avec des hommes du village, vous pouvez compter sur moi, affirme-t-il avec la joie d'un pou sur un peigne.

— Très bonne idée, vous pouvez compter sur David aussi. N'est-ce pas, mon chéri ?

— J'en ai toujours rêvé, tu me connais, dit-il en serrant ma main dans la sienne avec une affection qui menace de me broyer les phalanges.

— Ce sera l'occasion de prouver lequel de nous deux plaît le plus aux femmes, surenchérit Donovan.

Rien de tel que de raviver une ancienne rivalité fraternelle pour pimenter un peu les choses.

— Vendu ! conclut Hélène. Lise et Maddie, je vous laisse le soin de tout organiser. Ajoutez Étienne sur la liste des hommes-objets, après tout, il faut aussi penser aux femmes de mon âge.

Nos regards convergent vers l'intéressé qui est pâle à faire peur.

— Ne t'inquiète pas, mon chéri, je suis sûre qu'il y aura des femmes qui préféreront ta maturité aux muscles saillants de ces deux bellâtres.

— Hein, quoi ? Pardon, je… j'ai dû louper une partie de la conversation. Vous disiez ?

— Quelque chose ne va pas ? s'enquiert Hélène.

— Non. Enfin, si. Je viens de recevoir un message de ma sœur. Elle… elle va être incarcérée demain.

— Ta sœur ? Edwige ? Celle qui…

— Se drogue ? Oui, cette sœur-là. Le tribunal vient de la condamner à douze mois ferme. Elle faisait je ne sais quoi dans un magasin et elle était armée, tout comme son compagnon… Un type a été blessé, apparemment. Elle me demande si elle peut me confier sa fille. Ma nièce… Jade, elle s'appelle Jade. Et elle a quinze ans. La dernière fois que je l'ai vue, elle avait quelques mois à peine… C'était avant que ma sœur fiche le camp je ne sais où avec son mec du moment.

— Que lui as-tu répondu ?

— Rien encore. C'est… Je ne connais pas cette gamine. Qui sait dans quel état elle peut être, avec la vie que mène sa mère… Et puis, je ne suis plus tout seul maintenant, c'est chez toi ici. Tu as ton mot à dire.

— C'est chez *nous*, le corrige Hélène, d'une voix douce et affectueuse. Nous sommes mariés à présent, cette maison est tout autant la tienne que la mienne. Et la famille, c'est ce qu'il y a de plus important dans la vie. Alors si cette petite a besoin d'aide, elle ne trouvera pas mieux qu'ici pour en recevoir. N'est-ce pas, les enfants ?

— Quinze ans, tu dis… C'est parfait ! s'exclame Maddie. Pile l'âge minimum pour faire partie d'une équipe.

— Faire partie d'une équipe ? Pour faire quoi ? l'interroge David.

— Pour participer aux Olympiades de Clausanne ! Il n'y a que moi qui suis, autour de cette table ? Je vous rappelle qu'on doit trouver le moyen de réunir 175 000 euros pour empêcher qu'un illuminé réduise nos repas de fête en pâte dans des tubes de dentifrice. Alors une équipière de plus, ce ne sera pas du luxe !

Hélène éclate de rire.

— Quoi, qu'est-ce que j'ai dit de si drôle ?

— Rien, ma fille, rien. Surtout ne change rien, reste toujours telle que tu es.

— 6 —

JADE

Je suis là quand le verdict tombe. Assise dans le fond avec Mme Vivier, notre assistante sociale, mes oreilles bourdonnent.

Douze mois. Pour avoir essayé de voler quelques centaines d'euros à un pauvre type derrière sa caisse et qui pour une fois s'est défendu. Loïc était armé, le coup est parti, le gars s'est pris une balle dans le bras. Rien d'irréversible, mais une balle quand même.

Douze mois. On ne peut pas lui faire confiance. Il faut toujours qu'elle déconne, toujours. Elle promet que c'est terminé, qu'elle ne touchera plus à toutes ces saloperies qu'elle se fourre dans le pif, mais elle replonge *toujours*. Elle reste clean pendant deux semaines, pendant un mois, pendant six mois, avant de finir par craquer.

— Ne t'inquiète pas, ma belette, on va trouver une solution, essaie de me rassurer l'assistante sociale.

J'aime pas qu'elle m'appelle comme ça. Je ne suis pas sa belette. Je suis seulement la fille d'une junkie, une de plus sur la longue liste d'enfants mis au monde par des parents paumés. Ce sera quoi, la solution ? Encore une famille d'accueil ? Encore un foyer ? D'habitude c'est juste le temps qu'elle se soigne, quelques semaines maximum.

Puis on retrouve notre appartement. Je fais des petits boulots, du baby-sitting pour aider à payer le loyer quand elle est incapable de travailler.

Là, c'est différent. C'est douze mois. Un an de prison. Putain, elle a clairement déconné.

— Ta maman nous a dit qu'elle avait un frère. Il vit à la montagne. Dans un village avec un nom bizarre. Elle va lui demander s'il peut t'accueillir pendant qu'elle sera…

— En taule ? En cabane ? Au ballon ? je crache, pleine de colère.

— … qu'elle sera indisponible. Une option familiale, je pense que c'est ce qu'il y a de mieux pour toi, ma belette.

Qu'est-ce qu'elle en sait, de ce qu'il y a de mieux pour moi ?

— Ça te va, ma belette ? insiste Mme Vivier, dégoulinante de fausse inquiétude.

— Je suis pas votre belette…

Une « option familiale », ça n'existe pas. Un oncle qu'on n'a jamais vu, c'est pas une famille.

Quand elle est clean, on est bien toutes les deux. Je cuisine, je lui raconte mes journées, elle me parle des siennes. On rigole, parfois. Il faut croire que ça ne lui suffit pas. Elle rencontre un type, il lui propose de fumer ou pire. Elle a les yeux qui pétillent comme devant une tablette de chocolat, et je sais que c'en est fini de la trêve.

Cette fois, c'est grave. Cette fois, elle a vraiment fait n'importe quoi. Elle n'a pas pensé à moi. Elle n'y pense jamais. Pourtant, chaque fois, je tombe avec elle.

Je la déteste.

Et j'ai peur.

— 7 —

18 décembre – 18 heures

C'est l'effervescence au chalet. Double actualité ce soir : la cérémonie d'ouverture de la saison de Noël et l'arrivée de la nièce d'Étienne. Tout est allé très vite quand il a confirmé qu'il pouvait l'accueillir. Dans l'heure qui suivait ou presque, elle était dans un train. Pauvre gamine, ça ne doit pas être facile pour elle.

— Tu crois que Jade va se plaire ici, avec Étienne et ta mère ? je demande à David avant qu'il n'entre dans la salle de bains pour prendre une douche.

— Pourquoi est-ce qu'elle ne s'y plairait pas ? Cette famille a bien réussi à te convaincre, alors je crois qu'elle peut amadouer même les plus réticents.

— Je garde un souvenir assez traumatique de ma première soirée chez vous, à vrai dire. Tout cet amour, cette bienveillance, ça m'a presque donné des haut-le-cœur. Quelque chose me dit qu'elle n'a pas évolué dans l'atmosphère chaleureuse et aimante que vous avez toujours connue.

— Ça tombe bien, tu es là. Grâce à ton adolescence passée dans un univers froid et hostile, vous allez vous comprendre, toutes les deux. Tu pourras lui filer des conseils d'adaptation.

— Je n'ai pas grandi dans un univers hostile, c'est juste que mes parents ne voyaient pas l'intérêt de certaines fêtes.

— Toutes les fêtes, tu veux dire ! Quand je t'ai rencontrée, c'est limite si tu pensais que la Chandeleur consistait à revoir tous les épisodes de *Friends*[1].

— Ha, ha, ha ! très drôle, répliqué-je, à demi vexée.

Il n'a pas tort sur un point, ma famille n'a jamais été attachée aux traditions et j'ai su très tôt que du Père Noël, aux cloches de Pâques, en passant par la petite souris, rien de tout ça n'existait. Je me souviens de ma première cérémonie d'ouverture de Noël, il y a trois ans… J'avais l'impression d'avoir débarqué sur une autre planète.

Et soudain, une atroce vérité me frappe de plein fouet.

— La cérémonie d'ouverture… Il va me manquer un pull ! me récrié-je. Moi qui ai passé tant de temps à chercher le modèle parfait.

— C'était donc ça ! Ma mère t'a confié la charge des pulls cette année… C'est évident ! Pourquoi est-ce que je n'y ai pas pensé ?

— C'est un grand honneur. Je suis flattée qu'elle m'ait fait confiance, *tout* repose sur ces pulls. Maintenant, on va avoir une invitée de plus et il est beaucoup trop tard pour en commander un autre, me lamenté-je.

— Je pense que ma mère a conservé les pulls de toutes les cérémonies d'ouverture depuis que j'ai poussé mon premier cri. Tu devrais donc trouver ton bonheur pour la nièce d'Étienne.

— Mais ce ne sera pas le même ! Je ne t'apprends pas que c'est ça qui compte, que tout le monde porte le même.

— On pourrait lui dire que cette année, pour une fois, un roi ou une reine doit être choisi et que lui seul a un habit différent. Je crois qu'on devrait réussir à surmonter ce drame, non ?

— Tu te moques. Je le vois bien quand tu te moques.

---

1. En voilà une idée qu'elle est bonne !

David m'enlace.

— Je ne me moque pas. Ou alors, juste un petit peu.

Puis il m'embrasse.

— En fait, je suis heureux que cette cérémonie te tienne à cœur. Parce que c'est important pour ma mère. Et tu fais partie de la famille, maintenant. Je t'aime, murmure-t-il.

— Aïïïïïïïe ! hurlé-je en faisant un bond de côté.

— Oui, c'est aussi une réponse…

— C'est Cléopâtre ! Elle vient de me balancer un coup de griffe sur le mollet.

Sous le lit, deux yeux jaunes nous observent sans ciller.

— Tu es vraiment sûre que ce truc est un chat ?

Feulement inamical sonore.

— De moins en moins…

* * *

Étienne ne devrait pas tarder à revenir de la gare avec sa nièce. Hélène s'affaire pour que tout soit prêt pour leur arrivée. La table basse est envahie par des tasses fumantes de chocolat chaud recouvertes de mini-marshmallows. Il n'y aura bientôt plus de place pour quoi que ce soit d'autre. Chaque année apporte une tasse de plus : la mienne, puis celle de Samantha, de Lise et aujourd'hui, celle de Jade.

— La musique est prête ? demande Hélène, stressée.

— Tout est calé, maman, lui répond Donovan. Détends-toi, tout va bien se passer.

— C'est la première fois que je rencontre sa nièce, et si elle ne m'aimait pas ?

— Il n'existe personne sur cette planète qui ne t'aime pas, renchérit Maddie. Tu es la personne la plus aimable qui soit.

— Merci, ma chérie. Ah, Pauline, vous avez bien pensé aux pulls ?

— Oui, ils sont dans ce sac. Vous voulez les voir ?

Je trépigne d'impatience en imaginant ce moment depuis des semaines. Hélène a à peine le temps de hocher la tête que je me jette sur ledit sac pour en sortir un pull que je déplie et dévoile à l'assistance.

Il s'agit d'un modèle en laine rouge, bien entendu en trois dimensions. Cette fois, c'est une dinde de Noël qui a la vedette. Placée au beau milieu, elle semble jaillir de la poitrine, ses pattes arrière bien écartées et décorées d'un joli ruban blanc en satin.

— Il est… parfait ! s'écrie Hélène avec un large sourire, pour mon plus grand bonheur.

Rien ne pouvait me faire plus plaisir. J'enfile mon précieux et distribue à chacun le sien.

— Où as-tu trouvé une horreur pareille ? me chuchote Maddie.

— Un bon acheteur ne révèle jamais ses sources. Mais sache que j'ai longuement cherché.

— Tu m'étonnes. Je crois que ce sont les pires qu'on n'ait jamais eus.

— Merci. Tu es canon en dinde de Noël.

— Maman, maman, t'as vu, y a un poulet sur mes gougouttes ! s'enthousiasme la Grinchette, superbe dans son lainage taille enfant.

Chacun est désormais paré pour la cérémonie d'ouverture. Nous sommes magnifiques avec nos dindes proéminentes aux pattes décorées. Je pourrais en pleurer de fierté. Ne manquent plus qu'Étienne et sa nièce.

* * *

Quand ils arrivent, une petite demi-heure plus tard, nous nous tenons tous en rang d'oignons pour les accueillir, toujours dans nos pulls à dinde, un sourire de bienvenue sur le visage.

— Jade, je te présente ma famille. Hélène, ma femme, ses enfants, David, Donovan et Maddie, leurs conjoints respectifs Pauline, Lise et Ludo. Et la petite minette, c'est Samantha. Tout le monde, je vous présente Jade.

— Bonjour, Jade, lançons-nous en chœur.

Au secours, on se croirait à une réunion des Alcooliques Anonymes[1].

L'adolescente, habillée et maquillée de noir, semble tout droit sortie d'un épisode de *La Famille Addams*. Seuls ses cheveux blonds parsemés de mèches violettes apportent une touche de couleur. Son visage encore un peu enfantin, à moitié mangé par une immense paire de lunettes rondes, offre un contraste assez saisissant à l'ensemble.

— Bonjour, nous répond-elle d'une petite voix.

— On dirait une sorcière ! s'écrie Samantha. T'as vu, maman ?

Maddie, qui en général n'a pas la langue dans sa poche, toussote, gênée.

Tout à coup, un étrange événement se produit. Cléopâtre, qui a décidé de nous rejoindre, pour nous terroriser sans doute, s'approche à pattes lentes de la nouvelle venue avant de se frotter sur ses jambes en ronronnant.

— Mamaaaan, regarde ! Elle a guéri le chat méchant ! C'est une sorcière magique !

Samantha s'approche de Jade, fascinée.

— Est-ce que t'es une gentille sorcière ? Est-ce que tu vas nous faire cuire dans une casserole pour nous manger, après ? demande-t-elle le plus innocemment du monde. Est-ce que moi aussi, quand je serai grande, je pourrai être une sorcière comme toi ?

Le visage de Jade s'éclaire d'un sourire. C'est furtif, mais encourageant.

---

1. Oui, mais avec des pulls moches de Noël !

— Je n'ai pas pris mon chaudron mais de toute façon, je n'aime cuisiner que les vilains petits garçons.

— Si tu viens à mon école, il faudra que Louis se cache, alors ! Il dit que des vilains gros mots comme « merde » ou « ta gueule ». C'est pas bien de dire des gros mots, moi j'ai pas le droit sinon mamie elle me regarde avec son front tout plié comme ça, dit Samantha en fronçant les sourcils avec exagération.

Hélène éclate de rire avant de s'avancer à son tour pour serrer Jade dans ses bras. Surprise, l'adolescente se raidit.

— Je suis ravie de faire ta connaissance, Jade. Tu es ici chez toi. J'espère que tu aimes le chocolat chaud, il est fait maison avec une petite pointe de cannelle. Viens, assieds-toi, tu dois être fatiguée par le trajet et par… tout le reste, se reprend Hélène de justesse. Tu arrives pile pour la cérémonie d'ouverture de Noël. C'est l'une de nos traditions pour démarrer les fêtes ; ça porte bonheur. On ne compte plus les histoires d'amour qui sont nées grâce à cette cérémonie… Donovan, lance la musique !

Je me dépêche de donner son pull à Étienne et décide en revanche de laisser Jade tranquille. Elle doit déjà avoir envie de s'enfuir en courant rien qu'à nous voir tous affublés de la sorte, autant éviter d'en rajouter avec le pull à boules clignotantes dégotté dans l'armoire à trésors d'Hélène.

Donovan appuie sur le bouton de la télécommande et les premières notes de l'hymne officiel de la famille emplissent l'espace.

Dans son manteau rouge et blanc,
Sur un traîneau porté par le vent,
Il descendra par la cheminée,
Petit garçon il est l'heure d'aller se coucher.

Nous chantons tous en chœur, heureux d'être ensemble. C'est la première fois pour Lise, pourtant elle semble à l'aise, dans son élément. Elle aime tellement Donovan de toute façon qu'elle pourrait effectuer une danse des canards à demi nue dans la neige[1] s'il le fallait.

Quand la chanson se termine, vient l'heure des embrassades porte-bonheur. Dans certaines cultures il y a les mignons bisous d'esquimau, à Santa-les-Deux-Sapins on s'entrechoque les pulls, cette année les pattes de dinde, donc, en se souhaitant tout le bonheur du monde[2].

— Je déclare les festivités de Noël 2023 ouvertes ! lance Hélène avant de se saisir de sa tasse de chocolat et de la brandir. Oh, oh, oh !

Nous l'imitons et entonnons un « Oh, oh, oh ! » à faire trembler les murs. Cléopâtre en bondit, le poil hérissé, provoquant les aboiements satisfaits de Pilou. Pilou, qui, à défaut de pull, porte un nœud papillon sur lequel j'ai collé une fausse dinde en plastique trouvée au rayon dînette d'un magasin de jouets. Il a une classe folle.

Nous buvons nos chocolats chauds, et nous nous régalons des douceurs préparées par Hélène, biscuits aux amandes, roulés à la cannelle, mais aussi toute une variété de mini-sandwiches qui se mangent en une bouchée.

De quoi mettre à distance la dinde aux marrons en tube et la menace de l'infâme Romuald de la Craquotte pour quelques heures.

---

1. En voilà une autre bonne idée, je note. 😉

2. Et que quelqu'un vous tende la main. Ah non, ça, c'est un autre roman.

— 8 —

JADE

J'ai atterri chez les dingues. Mon oncle et sa famille sont complètement frappés. Tout autant que les gens que fréquente maman, mais dans un genre plus gentil. Je dis « gentil » parce que j'ai pas peur que l'un d'entre eux vienne me voler un rein pendant mon sommeil pour le revendre et avoir de quoi se payer sa dose.

Ils portaient des pulls bizarres. Avec une dinde en relief. Des dingues…

Et cette gamine qui m'a prise pour une sorcière. C'est étrange, elle ne semblait pas du tout effrayée. Alors je ne l'ai pas détrompée. Je me sens bien avec les enfants. Ils me font rire. Mais surtout, ils sont fiables. Bien plus que les adultes sur qui on ne peut pas compter. Et un enfant dit toujours ce qu'il pense.

Les petits m'aiment bien en général. C'est pour ça que je continue à faire du baby-sitting. Les parents me recommandent. À force, j'ai beaucoup de demandes. Certains vendredis soir, je suis même obligée de choisir. Plus tard, je voudrais continuer à travailler avec les enfants, leur apprendre des trucs. Je me suis un peu renseignée sur les études pour devenir professeure des écoles. Pas trop, parce que je sais que ce n'est pas pour les gens comme moi, qui n'ont pas de moyens. Ma mère, même quand elle n'est pas dans une phase de consommation, n'a souvent pas assez d'argent pour joindre les deux bouts.

Tout ça est allé si vite. Je n'ai même pas pu la voir avant de partir. Ils ne m'ont pas laissée.

Hélène et Étienne m'ont installée dans une chambre d'amis qui fait quasiment la taille de notre deux pièces, à maman et moi. Le mobilier est si beau que je n'ose rien toucher.

C'était bizarre, cette soirée. Ils avaient tous l'air heureux à chanter cette chanson un peu débile. Je ne suis pas une adepte de Noël. On ne l'a jamais vraiment fêté avec ma mère. J'ai parfois eu des cadeaux à ouvrir, et une année, elle a invité des copains. Il y avait plein de sortes de chips et des tas de sauces pour les tremper dedans. Je m'étais bien amusée. À l'école, à chaque retour de vacances, je faisais un peu semblant par rapport aux autres qui, eux, avaient toujours des super trucs à montrer ou à raconter. Je leur disais que j'avais eu ce que j'avais mis sur ma liste, des gros trucs qui ne s'amènent pas à l'école, pour pas risquer de me faire démasquer.

Je me demande ce que ça fait de fêter Noël pour de bon. Et ce que ça fait de le fêter ici… chez les dingues.

— 9 —

19 décembre – L'heure du croissant au beurre

Ce qu'il nous faut, c'est un plan[1]. Après tout, même Napoléon devait en avoir un avant de partir pour Waterloo.

Depuis près d'une heure, nous sommes attablés dans la cuisine, Donovan, David, Maddie – qui nous a rejoints aussitôt la Grinchette déposée au centre de loisirs – et moi. Hélène, qui a toujours peur que nous mourions de faim, regarnit la table à intervalles réguliers, cookies au chocolat blanc et aux amandes par-ci, madeleines à l'orange par-là. Étienne, Ludovic et Lise, visiblement les seuls adultes responsables du lot, sont allés travailler, eux.

— Ça y est, la cagnotte Goyav est en ligne, nous informe David.

— La cagnotte Goyav ? Qu'est-ce que c'est[2] ? l'interpelle Hélène alors qu'elle remplit à nouveau nos mugs d'un thé bien chaud dont les effluves parfument toute la pièce.

— C'est un appel aux dons que l'on fait via Internet. Les gens peuvent donner ce qu'ils veulent pour nous aider à sauver l'usine de boîtes à musique. Regarde, j'ai écrit un petit texte de présentation et mis quelques photos.

1. Et non pas un mort. Ça, c'est le roman d'Hervé Commère.
2. Goyav, Leetchi, c'est du pareil au même…

On ne récoltera sans doute pas grand-chose d'ici le 26, mais ce sera toujours ça de plus pour remplir les poches de l'autre naze.

— Ne parle pas de Romuald comme ça, s'offusque Hélène. C'était un gentil garçon, il a dû beaucoup souffrir de voir son père privé de son travail. Il me fait de la peine, malgré tout.

— Tu trouves toujours des circonstances atténuantes aux gens, maman. Si le monde comptait plus de personnes comme toi, il n'y aurait plus de conflits, la complimente Donovan.

— Oh, regardez, il y a déjà un certain D. qui a mis 100 euros dans la cagnotte ! s'exclame Hélène.

— C'est moi, maman. Histoire d'amorcer la pompe, lui indique David, en souriant. Maintenant, il n'y a plus qu'à partager la cagnotte sur vos différents réseaux.

— J'en parlerai tout à l'heure au conseil municipal. On a convoqué une réunion extraordinaire. Où en est-on concernant le projet de gala de charité ?

— Gala de charité… C'est comme ça que tu appelles la mise aux enchères de ces messieurs ? Tu as raison, c'est nettement plus classe, valide Maddie. Lise est sur le front. Elle m'a envoyé un mail ce matin m'indiquant tout ce à quoi elle avait pensé et ce à quoi il fallait encore penser. Il m'a fallu un Doliprane pour le faire passer.

— Un Doliprane ? Pour toi, la reine de l'organisation ? En voilà une surprise, raille Donovan, avant d'éviter une madeleine que lui balance sa sœur, gobée au vol par Pilou qui n'en demandait pas tant.

— Parce que tu fais quelque chose toi, peut-être ?

— Moi, je vais offrir mon corps musclé à la charité, c'est déjà pas mal !

— Je t'en offre 2 euros.

— Vous n'en avez pas assez de toujours vous chamailler tous les deux ?

— De mon côté, j'ai regardé de plus près le règlement des Olympiades, interviens-je sans prêter attention aux joutes verbales qui continuent entre Donovan et Maddie. Pour participer, il faut constituer une équipe d'au moins cinq personnes. Hélène, avec toutes les festivités du moment à organiser au village et les réunions supplémentaires du conseil municipal, je me dis qu'il n'est pas très raisonnable de compter sur vous pour prendre part en plus aux Olympiades. Lise est coincée avec le gala de charité. Quant à Étienne, j'imagine que c'est une période d'activité importante pour lui à la pépinière. Du coup, il nous manque une personne pour pouvoir inscrire notre équipe.

— Il y a Jade, rappelle Maddie comme une évidence. D'ailleurs, elle est où ? Samantha est tombée complètement sous son charme. Hier soir, en rentrant, elle a exigé de dormir dans son déguisement de magicienne.

— Elle dort encore, je pense. Je n'ai pas osé aller la réveiller, explique Hélène. La pauvre petite, avec ce qu'elle vit, elle a sans doute besoin de récupérer. Est-ce que c'est bien le moment de lui demander de concourir à des épreuves physiques ?

— Elle pourra toujours tenter sa chance au concours du plus gros mangeur de pancakes. Là, pas de risque de foulure… Maman, ne t'inquiète pas, il ne lui arrivera rien de mal, nous serons avec elle. Et puis, si elle doit passer plusieurs mois ici, autant qu'elle se mette tout de suite dans l'ambiance familiale…

— Je nous inscris alors, je reprends. Il faut compléter un formulaire avant ce soir minuit pour que notre participation soit validée. Les Olympiades commencent aprèsdemain. Ça nous laisse deux jours pour nous…

Un miaulement à fendre l'âme m'interrompt dans ma lancée, suivi d'un autre et d'encore un autre.

— Mais qu'est-ce qu'il a, ce chat ? me demande Maddie.

— Oh, ce n'est rien. Elle se lamente, comme l'illustre reine dont elle porte le nom. Tu t'y habitueras vite, elle fait ça à longueur de journée.

— Ça et attendre le moment propice pour te filer un coup de griffes dans le mollet, ajoute David. C'est un animal de compagnie charmant, quelle chance on a que Joséphine nous l'ait confié.

— Après ça, vous trouverez qu'un bébé vagissant est adorable, c'est une merveilleuse idée qu'a eue votre amie, Pauline, il faudra que je la remercie, s'enthousiasme Hélène en me gratifiant d'un clin d'œil. Quelqu'un veut encore un peu de thé ? Ou une gaufre ?

— Ne te formalise pas, me chuchote Maddie, voyant ma mine paniquée. Dès que je serai de nouveau enceinte, elle te laissera tranquille.

Ce qu'il nous faut, c'est donc un plan… et une grossesse de belle-sœur.

* * *

La matinée est déjà assez avancée lorsque Lise nous retrouve au chalet. Il était question au départ que Maddie et moi la rejoignions à son bureau, mais le bon chocolat chaud d'Hélène à disposition, ainsi que les deux ou trois biscuits qui l'accompagnent nous ont convaincues qu'il était plus intelligent qu'une affamée fasse la route, au lieu de deux repues.

C'est donc les bras chargés de plusieurs catalogues que Lise débarque et s'installe sur l'une des chaises de la cuisine.

— David et Donovan ne sont pas avec vous ?

— Non. David est parti accompagner Hélène à la mairie pour une réunion extraordinaire du conseil municipal, quant à Donovan, il a dû rejoindre Étienne à la pépinière, je pense.

— Et il était temps, crois-moi, s'exclame Maddie. Je ne sais pas ce qu'il te fait pour que tu réussisses à le supporter.

Lise rougit jusqu'à la racine des cheveux.

— Ah non, pitié, pas d'images sexuelles ! se récrie Maddie.

— Ils se sont chamaillés tous les deux ce matin, c'est ça ? me demande Lise après avoir repris une couleur de peau normale.

— Ils n'ont pas arrêté.

— Hé ! C'est toujours lui qui commence, moi je ne suis que paix et amour dans cette famille. Assez parlé de mon adorable frère, est-ce que tu as avancé sur l'impressionnante liste de choses à faire que tu m'as présentée dans ton mail ?

— Je me suis occupée des trucs les plus urgents, comme réserver le traiteur ainsi que dénicher une animatrice pour la soirée. Tu te doutes qu'à la dernière minute et à cette période de l'année, je n'ai pas pu faire la fine bouche. C'est fou, tous ou presque sont bookés pour jouer les Pères Noël. Mais Lorraine, la fille de l'agence d'événementiel, m'a recommandé une certaine Romy. Elle est nouvelle dans leur catalogue. Apparemment, elle est super. Et surtout, elle est en vacances pas très loin de Santa-les-Deux-Sapins, ce qui la rend encore plus exceptionnelle, car disponible.

— Je suis épuisée rien qu'en t'entendant raconter ta matinée. M'associer avec toi est la meilleure décision que j'ai prise de ma vie. Après avoir épousé Ludo, bien sûr. C'est pour faire quoi, tous ces catalogues ?

— Il faut que je commande les tenues dans lesquelles défileront les participants et je me dis que ce serait sympa de choisir ensemble… Vu que nos hommes vont tous les trois avoir à les porter.

Elle étale devant nous différentes brochures aux pages qu'elle a marquées avec des Post-it. Il y a des chemises, des nœuds papillons, des chapeaux, des pantalons…

— L'objectif de ce gala, c'est de récolter des fonds, commence Maddie. Il faut que les femmes présentes soient séduites par ceux qu'elles verront marcher devant elles, suffisamment pour débourser une très grosse somme d'argent et empocher le dîner privatif. Il n'y a aucune chance de casser la baraque avec ces tenues, disons, carrément trop sages.

Elle attrape un catalogue dont elle tourne les pages à toute vitesse.

— Alors que si on les fait défiler avec ça, dit-elle en reposant la brochure grande ouverte sur une double page, je vous garantis qu'on va récolter plus d'argent que ce dont on a besoin.

Sous nos yeux s'étalent… des strings. Mais pas n'importe lesquels. Des strings de Noël. Avec les couleurs et les motifs qui vont bien. En velours, à paillettes, avec des sequins. Le top de l'élégance à la française.

Je ne peux retenir un petit rire nerveux.

— Est-ce que c'est cher à votre avis, un aller simple pour Mexico ? Parce que c'est là qu'il va falloir que je me réfugie si David se retrouve à se présenter dans l'un de ces… machins.

— On veut récolter de l'argent, oui ou non ? Moi je vous dis que si on veut tirer quelque chose de ce gala, c'est là-dedans qu'il faut les mettre. Après tout, les hommes nous matent bien défiler en maillot de bain depuis des décennies, il est temps que nous aussi, on puisse un peu se rincer l'œil.

— Tu sais ce que ça veut dire ? Que ton Ludo aussi déambulera comme ça…

— Oui, et alors ? Il n'aura qu'à rentrer un peu son ventre et il sera tout aussi sexy que les autres.

— Je ne sais pas si Donovan acceptera de…

— Il a déjà posé nu pour une marque de pizza, alors il n'est plus à ça près. Il ne manque pas une occasion de nous parler de sa plastique de rêve, il aura ainsi tout loisir de l'exhiber. Quant à David c'est assez simple, si Donovan y va, il ira, rivalité fraternelle oblige. Donc c'est réglé. Reste à choisir les strings. Celui-là en forme de bonnet de Père Noël, il est chou, non ? Vous en pensez quoi ?

J'espère qu'il reste encore des vols disponibles pour Mexico…

* * *

Nous avons bien avancé sur les détails vestimentaires et autres choix musicaux du gala, quand Jade fait son apparition. Une apparition timide, silencieuse et vêtue de noir. Cléopâtre, sortie de je ne sais quelle cachette, s'empresse de s'enrouler autour de ses jambes en ronronnant.

— Bonjour. Désolée, je n'ai pas entendu mon réveil.

— C'est que tu avais besoin de récupérer. Ne t'inquiète pas, maman s'en doutait, elle nous a même recommandé avant de partir de ne pas faire trop de bruit, pour ne pas te déranger. Elle sera contente d'apprendre que tu as bien dormi.

— La chambre est très belle.

— Tu as faim ? Tu veux manger quelque chose ? lui propose Maddie. Il reste des gaufres. Je peux les faire chauffer avec un petit morceau de beurre, si tu veux. Ou du sirop d'érable. Tu aimes le sirop d'érable ?

Sans attendre la réponse de l'intéressée, elle se lève et sort une assiette du vaisselier.

— Ma fille t'adore, au fait. Cette nuit, elle a dormi en costume de magicienne et ce matin, elle a demandé si on était obligé de finir ses céréales et d'aller à la maternelle quand on est une sorcière.

Jade sourit et pique un léger fard. Bien qu'un peu flippante, elle est touchante, cette môme.

— Votre fille est très mignonne. Merci pour la gaufre, madame.

— Ah non, pas madame ! Ça me donne l'impression d'avoir deux cent douze ans. Appelle-moi Maddie.

— Je vais essayer. Merci… Maddie.

À l'aide de sa fourchette, elle découpe un minuscule morceau de gaufre qu'elle porte ensuite lentement à sa bouche, comme si le goût était nouveau pour elle. Ses yeux se mettent à pétiller, elle coupe un plus gros morceau qu'elle enfourne et avale presque aussi sec. C'était bien ça, cette gosse n'avait jamais mangé de gaufre auparavant. Quand elle relève la tête, elle nous surprend, Maddie et moi, en train de la scruter.

J'essaye de retrouver un air naturel en lançant à Maddie :

— Donc, euh, c'est bon pour les Olympiades, on fait comme on a dit ?

— Hein ? Ah oui, les Olympiades, oui, bien sûr. On fait comme on a dit, bredouille ma belle-sœur. Et à propos de ce qu'on a dit, Jade, on aurait besoin de toi sur ce coup-là.

— Moi ? réagit l'adolescente, inquiète.

— On aimerait participer à une compétition qui se déroule dans une ville pas loin d'ici, Clausanne. Sauf qu'il nous manque une personne pour pouvoir inscrire une équipe. Ma mère et son mari ne sont pas disponibles, alors on espérait que tu accepterais peut-être de compléter l'équipe, d'être la cinquième membre. Il y aura mes deux frères, David et Donovan l'Insupportable, Pauline et moi-même. Tu serais partante ?

— Il faudra faire quoi ? Parce que je ne suis pas très sportive.

— Oh, ne t'inquiète pas pour ça. Pour ma part, la dernière fois que j'ai fait du sport, c'était en 1999. Les Olympiades de Clausanne c'est, disons, plus fun que sportif. Elles ont lieu tous les ans et dans la région, c'est un événement prisé pour les enterrements de vie de jeune fille et de garçon. Alors, fais-moi confiance, on est loin du sport professionnel.

— Vous y participez tous les ans ?

— À vrai dire, non. Ce sera une première pour nous aussi. Pour résumer, on a besoin d'argent…

Le corps de Jade se tend brusquement.

— … parce qu'une espèce de sale type menace de racheter l'usine du village qui fabrique des boîtes à musique pour la transformer en un truc ignoble. Il en veut à Santa-les-Deux-Sapins. Mais, comme il se plaît à le dire, il n'est pas sans cœur, et il nous a proposé un marché. On lui apporte 175 000 euros et il déguerpit. On a jusqu'au 26 décembre. Alors, les Olympiades, c'est un moyen de récolter des fonds. On a aussi créé une cagnotte Goyav et on va organiser un gala de charité.

Je décide d'intervenir pour rassurer la gamine :

— Surtout, ne te sens pas obligée. Tu viens d'arriver, tu ne nous connais pas, j'imagine ce que ça peut avoir d'effrayant déjà, sans qu'on ait besoin d'en rajouter.

— Non, ça va. Un instant, j'ai cru que vous aviez besoin d'argent pour… Ce n'est pas vraiment pour sauver des usines que j'entendais ma mère dire qu'il lui fallait du fric. Je veux bien faire partie de votre équipe. Merci pour le petit déjeuner. Est-ce que j'ai le droit de sortir pour aller me balader ? Il faisait nuit hier quand on m'a déposée…

— Tu peux faire tout ce que tu veux. Tu es ici chez toi pour un long… tu es ici chez toi, se reprend Maddie.

La seule règle, c'est de prévenir quand tu pars et d'indiquer ton heure approximative de retour, si tu ne veux pas que maman déclenche le plan Orsec pour te retrouver.

— D'accord. Le centre-ville est loin d'ici ?

— Non, je dirais une petite demi-heure à pied. Tu veux qu'on t'y dépose en voiture ?

— Merci, je préfère marcher.

— 10 —

JADE

Le village porte bien son nom. Les lampadaires, les panneaux indicateurs et les garde-corps sur les trottoirs sont décorés de couronnes de houx et de nœuds en satin rouge. Tout est à l'effigie de Noël. Même les poubelles sont ornées de cannes en sucre d'orge.

Le soleil brille au milieu d'un ciel sans nuages. Mon manteau est loin d'être assez épais pour me protéger de la morsure du froid. J'aurais dû accepter la doudoune proposée par Maddie. Elle a dû voir tout de suite que mes vêtements n'étaient pas assez chauds, mais je ne veux pas d'une pitié supplémentaire. Je suis déjà la fille dont la mère junkie est en prison, je ne veux pas être celle qui a besoin qu'on lui fasse la charité en lui prêtant des vêtements.

J'ai croisé des gens, et tous m'ont saluée en souriant. C'est peut-être quelque chose qu'ils mettent dans le lait qui les rend aussi joyeux. Je suis plutôt habituée à être bousculée sans un mot d'excuse.

J'aperçois le centre du village. Il y a des boutiques, toutes plus attrayantes et lumineuses les unes que les autres. Au loin, je devine un immense arbre de Noël et je peux déjà percevoir un air qui ressemble aux morceaux écoutés hier soir, au chalet.

C'est un peu trop. Trop d'un coup. Trop pour moi.

Je choisis de m'engager sur un autre sentier, qui mène vers la forêt. Celui-là est moins praticable, plus enneigé. Je sens l'humidité s'infiltrer petit à petit à travers mes chaussures, elles aussi, inadaptées. Je n'entends plus que mon souffle et le crissement de mes pas. Quand je m'arrête pour reprendre ma respiration, je suis saisie par la beauté des lieux. Des arbres immenses et touffus, baignés de lumière et recouverts par endroits d'une épaisse couche de neige d'un blanc immaculé.

Soudain, j'entends le son mélodieux d'une voix. Quelqu'un chante non loin d'ici, une sorte de ballade que je ne connais pas, en anglais, il me semble. Intriguée, je me dirige vers l'origine de cette voix, à la fois chaude et émouvante.

Assis sur un banc, je tombe sur un garçon qui doit avoir à peu près mon âge. Il s'arrête net quand il m'aperçoit.

— Pardon, je ne voulais pas te déranger. Tu peux continuer, je ne fais que me promener.

— J'aime pas qu'on m'écoute chanter, me répond-il, renfrogné.

— Ah ouais ? Mais ce n'est pas un peu le but, en général ? Chanter pour des gens ?

— Je ne suis pas assez bon.

— Moi j'ai trouvé que c'était très beau. Tu m'as donné envie de m'asseoir.

— C'est vrai ? me demande-t-il, le visage désormais fendu d'un sourire, loin du grognement de départ.

— Oui. Je ne suis pas une dingue de musique et je n'y connais pas grand-chose, mais ta voix a un truc spécial, je trouve.

— Je pourrais peut-être reprendre la chanson ? propose-t-il timidement après un moment de silence. C'est une ballade irlandaise interprétée par un groupe que j'adore, mais personne ne les connaît.

J'acquiesce d'un hochement de tête. Il ferme les yeux et recommence à chanter. Il a l'air complètement habité ; je le regarde, subjuguée.

Quand il en termine, je ne peux m'empêcher de l'applaudir, même si je me sens un peu ridicule de faire ça toute seule, assise sur un banc en pleine forêt. Je ne sais même pas comment il s'appelle.

— Pourquoi tu n'aimes pas qu'on t'écoute ? Tu chantes super bien !

— Bof, ce n'est pas l'avis de ma famille. Mon père trouve qu'une voix, ça doit plutôt servir à donner des ordres. À ses enfants comme à ses subordonnés. Il dit que j'ai une voix de fille et qu'elle ne plaira à personne.

— Ton père est un con ! je ne peux m'empêcher de répliquer. Euh, pardon, je ne voulais pas…

Il rit.

— Moi, c'est Archibald. Et toi ?

— Jade.

— Tu vis ici ?

— Non. Enfin, oui… C'est un peu compliqué. Disons que je suis obligée de passer quelque temps chez mon oncle.

— Pas envie d'en parler ?

— Pas vraiment. Et toi, t'es du coin ?

— Non plus. Je suis en vacances avec mes grands-parents. C'est une punition, décidée par mon père. Il m'a surpris dans ma chambre en train de me filmer pour enregistrer une chanson. Je voulais juste… Peu importe, il s'en fiche de toute façon. Il pense que mon grand-père va me remettre dans le droit chemin. Dans la famille, on est dans les affaires de père en fils, pas moyen d'y échapper, même si on a envie d'autre chose.

Il s'interrompt, essoufflé. On dirait qu'il avait besoin de vider son sac. Puis il me demande, comme pour changer de sujet :

— Il est sympa, ton oncle ?

— Euh… j'en sais trop rien. Il a l'air gentil. On n'a pas beaucoup discuté, encore. Je suis arrivée hier, et c'était la première fois que je le voyais. Bon, va falloir que j'y aille, sinon ils vont envoyer des hélicoptères à ma recherche. On se reverra peut-être ?

— Peut-être. On ne repart qu'après Noël.

— Cool. À plus, alors, le salué-je avant de tourner les talons.

Je commence à rebrousser chemin ; Archibald, lui, se remet à chanter. C'est triste que sa famille ne le laisse pas faire ce qu'il aime.

— 11 —

20 décembre – 10 h 32

S'entraîner, c'est la clé de la réussite quand on est sportif. Aucun athlète n'aurait l'idée de se présenter à une épreuve sans un minimum d'heures d'entraînement au préalable.

Forts de cette certitude, nous nous tenons donc en rang de courgettes dans le jardin d'Hélène, tous de jogging vêtus, bien décidés à révéler au monde nos capacités physiques insoupçonnées… à commencer par nous-mêmes. Au fond de moi, il y a une championne olympique qui sommeille. Je n'ai jamais eu l'occasion de la réveiller, c'est tout.

Maddie a imprimé la liste des épreuves qu'elle nous distribue. Le but est de positionner sur chacune d'elles le meilleur d'entre nous. Le programme des réjouissances est éclectique : taureau mécanique sur neige, plus gros mangeur de pancakes en une minute, course de chaises sur glace, lancer de bûches, roulé-boulé sur piste verte, parcours d'obstacles avec palmes, boule de neige géante, pelletage éclair, course de luges à chien, reconnaissance culinaire à l'aveugle… Il y a l'embarras du choix[1] !

— Pour commencer, je vous propose un petit échauffement, lance Maddie, coach sportive autoproclamée du

1. Ou plus vraisemblablement le choix de l'embarras…

jour. Cinq minutes de course en petites foulées, histoire de monter progressivement vos muscles en température.

On la fixe tous d'un air suspicieux. Depuis quand elle maîtrise le jargon sportif, celle-là ?

Loin de se laisser perturber, pour parfaire le personnage, Maddie brandit le sifflet qu'elle porte au cou et souffle dedans.

— Et toi, tu ne cours pas pour monter progressivement tes muscles en température ? demande Donovan avec une fausse naïveté.

— Tu as déjà vu les entraîneurs courir avec leurs athlètes ? Non. Parce qu'un entraîneur, ça entraîne, ça encourage et crois-moi que c'est déjà bien assez avec des gens comme toi. Allez, allez, petites foulées on a dit.

Donovan bougonne mais finit par céder devant le regard qui ne rigole pas de sa pseudo-coach de sœur. Nous courons donc. En petites foulées. Et gros soupirs.

C'est encore loin ? C'est quand qu'on arrive ?

Je jette un coup d'œil à Jade qui n'a pas encore dit un mot. Elle ne semble pas souffrir de l'exercice. Saloperie de vieillesse.

— Il n'y a pas besoin de monter ses muscles en température si on veut s'inscrire à l'épreuve de la reconnaissance culinaire à l'aveugle, non ? tenté-je auprès de Gengis Maddie Khan.

— Ne me dis pas que tu es déjà fatiguée, Pauline ?

— Non…

… Mes poumons me hurlent juste de les abandonner là, sur le chemin.

Cinq minutes plus tard, essoufflés comme des rennes, mais les muscles montés progressivement en température, nous sommes chacun armés d'une pelle, prêts à en découdre. Si j'étais à la place de Gengis Maddie Khan, je ferais quelques pas en arrière.

— Première épreuve : le pelletage éclair. Il faut en deux minutes pelleter un maximum de neige. Attention : 3, 2, 1, c'est parti ! hurle-t-elle en déclenchant le chronomètre sur son téléphone. Montrez-moi qui a le meilleur coup de pelle !

Pleine de bonne volonté – et d'envie de lui en filer un, de coup de pelle –, je plonge la mienne dans la neige, aussi profond que je le peux puis d'un mouvement ferme du bras, je la remonte. Enfin, je tente de la remonter, pour être tout à fait exacte… Échec cuisant. La pelle, bien trop lourde pour mes muscles de moustique, reste plantée dans la neige. À côté de moi, c'est l'effervescence. David et Donovan pellettent comme si leur vie en dépendait. Pilou fait des bonds de cabri derrière eux pour manger le plus de neige possible.

Inutile de risquer la tendinite, je laisse ma pelle enfoncée dans la neige et encourage mon homme.

— Top, c'est fini ! crie Maddie. Le temps est écoulé. Voyons voir qui a les plus gros biceps.

Équipée comme jamais, elle sort un mètre de sa poche et s'approche des tas.

— Et c'est David notre champion ! annonce-t-elle.

— Hé, proteste Donovan ! Mon tas est plus haut !

— Mais il est moins large, réplique Maddie en experte.

— Ce n'est pas toujours la taille qui compte, ajoute David.

— Ça, c'est l'argument utilisé par ceux qui sont montés un peu court.

— Non, mais vous vous êtes vus ? intervient Maddie. On dirait deux mômes dans un bac à sable. Heureusement que ce n'est pas la taille qui compte en effet, parce que vu celle de votre cerveau, on n'irait pas loin avec vous.

Un éclat de rire, spontané et inattendu, nous fait tourner la tête. Il provient de Jade. L'adolescente n'a pas prononcé un mot depuis le réveil, et à présent, elle rit. Son regard est gêné, son corps semble s'excuser, mais sa bouche continue à rire. Et c'est communicatif.

* * *

C'est ainsi que se déroule le reste de la journée. Entre exploits sportifs et crises de rire. Nous nous alignons sur chacune des épreuves annoncées par Gengis Maddie Khan – qui elle, se contente de souffler dans son sifflet – et nous donnons tout ce que nous pouvons, c'est-à-dire au bout du compte, pas grand-chose. Je rigole tellement à l'issue de la descente en roulade que je suis à la limite de faire pipi dans ma culotte. Je conseille à toute personne un peu déprimée de se laisser dégringoler du haut d'une pente enneigée. Effet antimorosité garanti. La principale difficulté étant de disposer d'une pente enneigée.

Le bilan à l'issue de cette journée d'entraînement n'est pas que négatif. Donovan s'avère être un bon lanceur de bûches, pourvu que la bûche relève plutôt de la bûchette. David, en plus d'être un pelleteur performant, est plutôt doué pour constituer une boule de neige géante. Je dévale une pente en roulade comme personne. Jade est dotée d'un équilibre incroyable, lui permettant de marcher sur des poutres, d'enjamber des obstacles et de courir, même affublée de palmes. Maddie, elle, déploiera tout son talent sur les épreuves culinaires. Nos espoirs de médaille reposent aussi sur Pilou et sa puissance de tireur de luge. Puissance que nous ne pouvons qu'imaginer, puisque l'animal n'a pas daigné nous montrer de quoi il était capable. En bon chien des montagnes, il se réserve pour le grand moment du sauvetage.

* * *

Lorsque Hélène remplit nos assiettes d'un velouté de marrons et champignons à l'odeur divine, nous ne sommes plus que courbatures et contusions. Devenir un athlète de haut niveau, ça se mérite.

— Alors, comment s'est passée votre journée d'entraînement ? s'enquiert Hélène, une fois tout le monde servi.

— Vous ne le saviez pas, mais vous avez enfanté un véritable dictateur du sifflet.

— Ce n'est pas ma faute si vous êtes tous incapables de supporter la pression, réplique Maddie.

Je lui tire la langue.

— Parle-nous plutôt de ta réunion à la mairie, nous interrompt Donovan. Du nouveau ?

— Non. Nous avons en effet retrouvé dans les archives la demande de prêt faite par le père de Romuald, il y a plus de cinquante ans. L'entreprise venait de perdre un gros client et risquait d'avoir des problèmes de trésorerie, c'est pour ça qu'il est venu solliciter une aide auprès de la mairie. Le maire de l'époque a refusé, non seulement d'accorder une subvention, mais aussi d'ouvrir une consultation populaire sur le sujet.

— C'est quand même étrange d'être fermé à ce point au vu de ce que cette usine, quel que soit son propriétaire, a toujours représenté pour le village.

— Justement, dans cette histoire, le père de Romuald n'était pas n'importe quel propriétaire. Nous avons un peu enquêté et il s'avère que le maire en question avait un temps été fiancé à la mère de Romuald. Avant qu'elle ne le quitte pour son père.

— Il s'est vengé en refusant d'aider le type qui lui avait volé la fille qu'il aimait, en somme.

— Voilà. Et aujourd'hui Romuald souhaite se venger à son tour. C'est triste.

— Et si banal ! s'exclame Maddie. Il faut toujours qu'un ego masculin froissé trouve le moyen d'avoir le dernier mot. Tu m'as pris ma femme, je ne t'accorde pas ton prêt, alors qui a la plus grosse à présent ? C'est désespérant comme ce qui pendouille entre vos jambes peut prendre le pas sur votre cerveau.

L'assistance masculine n'a pas l'occasion de répliquer car la Grinchette, soudain très intéressée par la conversation, s'en mêle :

— Maman, c'est quoi qui pendouille entre les jambes ?

Voilà qui a le mérite de stopper net la diatribe de Maddie.

— Rien, ma chérie, mange un peu ta soupe, bredouille-t-elle.

— J'aime pas trop la soupe, chuchote Samantha, elle sent comme les chaussettes de papa.

— Mariez-vous et faites des gosses ! réagit l'intéressé aux odeurs pédieuses dévoilées, mort de rire, avant de déposer un bisou sur le front de sa fille. Moi aussi, je vous aime.

— En parlant de faire des gosses, il serait grand temps de fournir à cette enfant des cousins et des cousines, Pilou ne peut pas être éternellement son unique compagnon de jeu, déclare Hélène après avoir ramassé nos assiettes de soupe vides. Pour la suite, je vous ai préparé un gratin de crozets au lard et à la tomme dont vous me direz des nouvelles. Il vous faut des forces pour demain.

Des forces… ou de quoi mieux rouler ! Ça tombe bien, c'est moi qui vais faire la descente en roulade aux Olympiades. Une excuse tout à fait valable pour reprendre une part de gratin, et ne pas zapper le dessert.

* * *

— Ça n'a pas l'air d'aller ? me demande David alors que nous sommes couchés depuis une petite demi-heure.

— Qu'est-ce qui te fait penser ça ?

— Je ne sais pas... Peut-être parce que tu lis la même page de ton livre depuis une bonne vingtaine de minutes ? Allez, dis-moi ce qui te préoccupe.

— C'est ta mère.

— Ma mère ?

— Est-ce qu'elle sait qu'il n'est pas dans nos plans pour le moment de devenir propriétaires d'une maison de banlieue et parents de trois enfants qu'on appellerait Riri, Fifi et Loulou... ?

— Euh... Je ne sais pas, pourquoi ?

— Ça fait deux fois qu'elle fait des allusions à peine déguisées à ce sujet. Je crois qu'elle espère être de nouveau grand-mère et qu'elle pense que c'est nous qui allons réaliser ce souhait. Toi et moi, on est toujours sur la même longueur d'onde, hein ? Les enfants ce n'est pas un passage obligé... Tu sais que je n'ai jamais vraiment rêvé d'une vie de famille, ni même d'une vie de couple. M'installer avec toi, c'était déjà un grand pas à franchir. Alors les enfants...

David m'interrompt en m'embrassant.

— Je suis sérieuse, dis-je lorsqu'il lâche mes lèvres pour se diriger vers le creux de ma clavicule.

— Moi aussi. Très. Ne t'inquiète pas pour ma mère, chercher à agrandir la famille, c'est quasi automatique chez elle. Elle ne voit pas le mal. En fait, tout ce qui lui importe, c'est qu'on soit heureux. Et moi, pour le moment, ce qui me rend heureux et me comble, c'est toi et moi dans ce lit.

— Tu es sûr ?

— Puisque je te le dis. Moi non plus, je ne m'imagine pas en père de famille. Surtout si tu envisages de les appeler Riri, Fifi et Loulou... Après, si d'aventure les choses devaient évoluer, je m'adapterai. Pas toi ?

— Si… Oui, moi aussi, évidemment.

— Parfait. Sur ce, maintenant que tu es rassurée, montrons à Maddie que ce qui pendouille entre mes jambes peut parfois aussi servir à quelque chose de fort agréable.

J'espère qu'il a raison par rapport à sa mère. J'aime beaucoup trop Hélène pour être celle qui lui fera de la peine en ne lui offrant pas les petits-enfants qu'elle attend.

— 12 —

21 décembre – Une heure avant le début de la première épreuve

Clausanne est tout entière aux couleurs des Olympiades, blanche et orange. Des banderoles sont déployées partout dans les rues, les lampadaires sont décorés de cocardes et même les arbres ont troqué leurs guirlandes lumineuses contre des dizaines de lampions en papier suspendus à leurs branches. Des haut-parleurs diffusent une musique festive et entraînante. On se croirait dans une convention électorale à l'américaine.

Des centaines de participants se massent au point d'enregistrement des équipes pour récupérer leurs dossards. On est loin de la petite kermesse de quartier. Maddie nous a confectionné des vestes en un temps record, taillées dans un superbe velours vert, sur lesquelles elle a cousu une pièce de satin blanc représentant la première lettre de notre prénom. Rien que pour ça, ça valait le coup de faire le déplacement.

— Comment vous sentez-vous ? Fin prêts à engranger les victoires ? nous harangue-t-elle.

Est-ce que je lui dis maintenant que j'ai envie de vomir depuis que je me suis levée ? C'est l'unique raison pour laquelle je ne suis pas devenue une grande championne : mon estomac ne supporte pas la pression. Même les délicieux sandwiches préparés par Hélène pour notre déjeuner me soulèvent le cœur, rien que d'y penser.

— Voilà vos dossards, dit David en nous tendant notre précieux sésame. Il faut bien les coller sur la poitrine. Le type de l'accueil me l'a répété au moins quatre fois. Et ça, c'est le programme des épreuves. La première débute d'ici une demi-heure, au niveau de la place Merle. Histoire de démarrer la journée en beauté, ce sera pour toi, mon frère : le taureau mécanique !

Faute de taureau, il ne nous a pas été possible hier de nous y entraîner et donc de déterminer le candidat le plus apte pour cette épreuve. Comme il était évident que ni Maddie, ni Jade, ni moi n'avions la force – et surtout l'inconscience – pour tenir sur un engin pareil, David et Donovan ont dû tirer à la courte paille et c'est Donovan qui a perdu. Encore et toujours une histoire de taille, donc.

— Ne venez pas pleurer si ma belle gueule est abîmée et qu'elle rapporte moins lors du gala de charité, tente-t-il une nouvelle fois pour échapper à la sentence de la paille.

— Tu n'aurais pas un peu la trouille toi, par hasard ? le raille David.

— Moi, la trouille ? N'importe quoi. Tu sais bien que rien ne me fait peur. Non, je disais juste ça en pensant à la Cause. Il ne faudrait pas ruiner nos chances au gala, c'est tout.

— T'inquiète va, il restera toujours la mienne, de belle gueule, lui rétorque David.

— Il est temps d'y aller, les coqs, il est mentionné dans le règlement qu'il faut s'enregistrer avant chaque épreuve, au plus tard cinq minutes avant le début. Hop, hop, on se bouge. Taureau mécanique, nous voilà !

* * *

La bête trône au milieu d'une place délimitée par des barrières et recouverte d'un épais manteau de neige. L'œil vif, la croupe scellée de cuir rouge, elle n'attend que d'envoyer en l'air quiconque tentera de monter sur son dos. Pour une fois, je suis bien contente d'avoir pu m'abriter derrière mes biceps en mousse pour ne pas chevaucher cette chose.

Un regard en coin vers Donovan m'indique que lui aussi, en cet instant, aimerait être à ma place. Mais il n'a pas vraiment le temps de gamberger puisque le speaker appelle le premier concurrent et c'est son numéro de dossard qui est tiré au sort. Chance.

Il passe par-dessus l'une des barrières et avance – à peu près aussi vite que s'il reculait – vers Pedro le Taureau. Ses pieds s'enfoncent dans la neige d'environ cinquante centimètres à chaque pas, ce qui nous rassure : il y aura manifestement de quoi amortir sa chute lorsque la machine enverra valdinguer son corps et sa belle gueule de mannequin. Voilà qui devrait sauver le gala de charité. Lorsqu'il est à côté de l'animal, au bout de cinq bonnes minutes de traversée, la plus longue sans doute de l'histoire de l'épreuve du taureau mécanique à Clausanne, il n'a guère d'autre choix que de mettre un pied dans l'un des étriers et de prendre appui dessus pour enfin s'asseoir sur le dos de Pedro.

Le speaker lance le décompte : 5, 4, 3, la foule de spectateurs applaudit, 2, 1, une musique de rodéo retentit, 0, et c'est parti !

— Bonjour à toutes et tous, est-ce que vous allez bieeeeen ? C'est avec ce premier concurrent, le dossard 190384, qui nous vient de Santa-les-Deux-Sapins, que démarre cette teeeeeerrible épreuve du taureau mécaniiiiiique…

Un vérin positionné sous le poitrail de Pedro se déploie et le taureau commence à tourner.

— La règle est simple, vous la connaissez tous ! Cinq minutes, cinq minutes pour tenir un maximum de temps sur le taureau. Ça va aller vite, ça va tourner, ça va ruer et ça va cabrrrrrioler ! déclame-t-il tel un animateur de bal musette. Allez-y, dossard 190384, faites-nous rêver ! À l'issue de l'épreuve, je vous rappelle que le candidat qui aura tenu le plus de temps en selle remportera la somme de 1 000 euros et créditera son équipe de 250 points pour la grande finale.

— L'équipe qui terminera première, avec le plus de points, remportera 100 000 euros ! m'apprend Maddie.

Dans l'arène improvisée, Donovan est toujours en selle et l'on se prend à espérer qu'il a peut-être été cow-boy dans le Wyoming dans une vie antérieure, et que c'est pour cette raison qu'il marche parfois les jambes arquées, résidu corporel d'années passées à chevaucher dans la plaine sauvage. Soudain, le taureau change de sens tout en donnant des coups de cul. Et l'espoir aussitôt vacille. Les pieds désormais hors des étriers, rebondissant sur Pedro comme une poupée de chiffon, Donovan tente de donner le change avant d'être éjecté et de faire un vol plané la tête la première dans la neige. Vingt secondes, c'est déjà bien vingt secondes, non ?

Maddie pouffe et je ne peux m'empêcher de lâchement l'imiter. Donovan se relève. Il a les cheveux pleins de neige et le regard qui crie à l'aide. Nous nous joignons à la foule pour l'acclamer, bien en sécurité de notre côté de la barrière. Il remonte courageusement en selle, et l'implacable balai mécanique recommence. Pedro se met à tourner, tourner, puis à se rebeller contre cet humain sur son dos. C'est un spectacle magnifique. Une lutte entre l'homme et la bête. Et c'est surtout très drôle. Parce que inévitablement, Donovan se retrouve éjecté et effectue un vol plané, plus ou moins esthétique – jambes tendues, bras pliés, fesses en arrière – dans la poudreuse. Dommage qu'il n'y ait pas de note artistique, il aurait sans aucun doute figuré en haut du tableau. Il faudrait le suggérer à la confrérie du taureau mécanique.

Chaque fois il se relève, de moins en moins vite certes, et plus ça va, plus nous rions. Toute idée d'une vie antérieure de rodéo nous a quittés. On peut tabler au mieux sur quelques heures passées enfant sur un cheval à bascule et encore, un cheval à bascule fatigué.

Il reste moins d'une minute. Donovan remonte en selle. Nous l'encourageons malgré l'hilarité qui nous fait mal aux côtes. Et Pedro se remet à tourner. Cette fois, il n'y a pas à attendre les ruades, Donovan se laisse couler tel du fromage fondu le long de l'animal. La bête a vaincu.

— Et c'est la fin pour le dossard 190384 ! s'emballe le speaker hystérique. Oh ! là là ! quel beau spectacle il nous a offert. Nous enregistrons le temps de 24 secondes, scooooore à battre. À qui le tour ? Qui va se mesurer à l'implacable, au sanguinaire, au sans pitié[1] taureau de Clausanne ? C'est au tour du dossard 134657 !

Donovan claudique vers nous et nous l'aidons à enjamber la barrière, pendant que la foule acclame le nouvel arrivant, un colosse de deux mètres en pantalon à franges et chapeau de cow-boy.

— Pour ma défense, je n'ai pas pu m'entraîner hier. Si on avait eu un taureau mécanique à disposition, je n'aurais fait qu'une bouchée de cette épreuve, croyez-moi !

C'est une évidence. Il s'agit juste d'un manque d'entraînement.

— Pitié, dites-moi que vous n'avez pas envoyé de vidéo à Lise ?

---

1. … sans chemise, sans pantalon, lalalalala…

Maddie plonge le regard dans ses chaussures. De mon côté, je me prends de passion pour un fil de laine qui s'échappe de mon gant droit.

Pour notre défense, c'était tentant.

— Merci les filles, je m'en souviendrai.

— Vingt-quatre secondes ! La rumeur disait que tu étais du genre rapide, je n'aurais pas cru que c'était à ce point-là, se moque David. Comme quoi, l'avoir longue n'est pas d'une grande utilité. Tu viens de nous en faire la démonstration.

Il n'a pas le temps de rire à sa propre blague, aussitôt interrompu par une boule de neige qu'il reçoit en pleine tête.

* * *

Pour l'épreuve suivante, nous comptons sur les talents de dévoreuse de Maddie. C'est bien beau de jouer la Mère Fouettarde, sifflet à la bouche, maintenant il est l'heure de nous montrer de quoi elle est capable. Pour quelqu'un qui grignote tout ce qui lui tombe sous la main, à longueur de journée, cela devrait être une formalité… Sauf qu'à première vue, la concurrence sera rude.

— T'as vu la taille de la bouche du type là-bas ? je murmure à David. Il ne va même pas avoir besoin de couper les pancakes pour les manger… Il pourrait avaler l'assiette, j'en suis sûre.

Plusieurs longues tables recouvertes de nappes aux couleurs des Olympiades sont disposées parallèlement les unes aux autres, sous un chapiteau. Chaque participant se voit attribuer une place, un pichet de sirop d'érable et une fourchette. Moi qui adore les pancakes, l'odeur qui provient des cuisines me soulève le cœur. Maudit stress.

Maddie s'assoit tout en effectuant des mouvements de bouche exagérés.

— Mimimimimi, momomo, mamomamo… Que veux-tu que j'échauffe d'autre ? se justifie-t-elle lorsqu'elle me surprend à la fixer. Un claquage de la mâchoire est vite arrivé, Pauline. Il ne faut pas plaisanter avec le risque de blessure.

Je me retiens de pouffer. Non, c'est sûr, il ne faut pas plaisanter avec ça. Jamais.

Un clairon annonce l'arrivée des pancakes. Des dizaines de personnes se pressent alors pour disposer devant les participants non pas une colline mais une montagne, un Everest de pancakes. Il y en a, au bas mot, une bonne centaine sur chaque assiette.

Espérons que les étirements mandibulaires effectués par Maddie suffiront à en venir à bout.

Un second coup de clairon lance le chronomètre.

— Et c'est parti pour une minute de dégustation de foliiiiie, s'exclame le speaker. Qui aura le plus gros estomac ? Qui mâchera le plus vite ? Vous le saurez dans moins de 55 secooooondes !

Il y a autant de techniques que de candidats. Certains coupent les pancakes en morceaux avant de les manger, d'autres les enfournent entiers dans leur bouche quitte à peiner pour les mâcher… Il y en a qui boivent de l'eau entre chaque bouchée, ou qui arrosent leurs pancakes de sirop d'érable, sans doute pour faciliter leur descente. Maddie elle fait des petits tas…

— Ça paraît moins gros comme ça, se défend-elle alors qu'elle termine de mâcher son premier paquet de cinq pancakes.

— Allez, sœurette, s'époumone David, fais honneur à la famille ! Gobe tout !!

Le brouhaha est assez indescriptible tant les spectateurs sont nombreux à encourager les concurrents.

— Ils sont fooooormidables, ils sont iiiiiincroyables, regardez-les manger, comme si leur vie en dépendait, n'est-ce pas là le plus beau spectacle que vous ayez jamais vu ?

Le plus beau, le plus beau… Faut pas exagérer… Le plus calorique, ça, oui.

— Il reste 35 secondes, mesdames et messieurs, 35 secondes pour venir à bout du plus de pancakes possible. Pancakes qui, je le rappelle, sont cuisinés avec des produits locaux que vous pourrez vous procurer dans les différents points de vente de la ville. 30 secondes à présent, 30 secondes !

Maddie transpire à grosses gouttes. Elle a, elle aussi, choisi d'adopter la technique du sirop d'érable, qui dégouline le long de son menton. Elle semble au bord du claquage musculaire.

— Allez, Maddie, tu peux le faire. Pense à l'usine, pense à Santa-les-Deux-Sapins.

La bouche pleine, elle a un haut-le-cœur.

— Je crois que je vais… vomir, articule-t-elle avec difficulté.

— Mais non ! C'est dans ta tête, intervient Donovan, trop heureux de ne plus être sous les feux des projecteurs.

À quelques mètres, un colosse au périmètre abdominal impressionnant vient de terminer sa première assiette et réclame la deuxième. Maddie attaque son quatrième petit tas par la face nord.

— Plus que 15 secondes, 15 secondes ! Le suspense est à son comble ! Qui va l'emporter et, surtout, le record de 176 pancakes établi il y a quatre ans va-t-il être battu ? Quelqu'un sera-t-il capable de manger plus de 176 pancakes en moins d'une minute ? C'est la question que vous vous posez tous, mesdames et messieurs.

Maddie est verdâtre. Elle souffle du pancake autant qu'elle essaie d'en mettre dans sa bouche. Son estomac est en train de rédiger une lettre à la Société des Organes

Battus, exigeant son émancipation immédiate. Mais, courageusement, elle pique dans son assiette, morceau après morceau.

— Derniiiiiière ligne droite, plus que 5 secondes, 5 secondes, hurle le speaker en furie. 4, 3…

Les participants, tels des affamés, enfournent tout ce qu'ils peuvent dans leur bouche et défient les lois du taux d'occupation buccale en ingérant le maximum de matière, à coups de poing s'il le faut.

— … 2, 1 et c'est fini ! On pose les fourchettes et on lève les bras bien haut.

Le clairon sonne la fin de l'épreuve. Tous tentent à présent de mâcher et d'avaler ce qui est resté coincé en haut, histoire de ne pas mourir par asphyxie. Maddie est passée du verdâtre au grisâtre, et sue du sirop d'érable.

— Je vais mourir, gémit-elle.

Plusieurs juges circulent entre les tables pour compter les pancakes restants dans les assiettes et inscrire le score final de chacun. Celui de Maddie s'élève à… 48 pancakes. Ce qui est…

— Et voici notre gagnant ! annonce le speaker. Il s'agit du dossard 783764 qui a mangé un total de… roulement de tambour… 169 pancakes !

… nettement moins que le vainqueur.

— Vous l'avez compris, le record reste donc à battre. Qui sera capable de manger plus de 176 pancakes ? Hélas, nous ne le saurons pas cette année. Mais toutes nos félicitations au gagnant du jour. Et souhaitez-lui bon courage pour les heures de digestion qui s'annoncent difficiles.

— Jamais je n'aurais pu en manger autant que vous, dit Jade. Vous avez été impressionnante.

— Ah oui, tu trouves ? s'illumine Maddie.

— Et tu es loin d'être la dernière. Une petite dame de quatre-vingts ans en a mangé seulement 35, et le môme là-bas, seulement 25. Ah non, 125, pardon, au temps pour moi, ne peut s'empêcher de se moquer Donovan.

— Méfie-toi, je pourrais très bien choisir tes pieds pour vomir dessus.

Pour préserver ses chaussures et sa dignité, Donovan fait un bond de côté. Ce qu'il n'avait pas prévu, c'est que l'attaque vienne de quelqu'un d'autre. Ces quantités de sucre et de sirop d'érable ont fini de dégoûter mon estomac et je ne peux me retenir d'en répandre le contenu qui éclabousse au passage le bas du pantalon de Donovan.

— Ça, c'est ce que j'appelle de la solidarité entre belles-sœurs ! s'enthousiasme Maddie avant de réprimer un nouveau haut-le-cœur.

David s'approche de moi et pose une main sur mon dos.

— Ça va, ma chérie ?

— Oui, oui. Voir toute cette nourriture engloutie aussi vite ne m'a pas réussi, c'est tout. Il faut juste que je respire un peu d'air frais et ça va passer.

* * *

Un quart d'heure plus tard, je me sens nettement mieux. Nous avons trouvé, et ce n'est pas un mince exploit vu le monde dans les rues, un banc libre sur lequel nous asseoir tous les cinq.

— Récapitulons un peu la situation, lance Maddie. On ne peut pas dire que Donovan ait vraiment cassé la baraque avec Pedro le Taureau et niveau pancake, on n'est pas sur l'orgie escomptée. C'est bien plus difficile que ce à quoi je m'attendais. Il faut être lucide…

— … vous êtes nuls ! complète David avant d'éclater de rire.

— Je me demandais quand Monsieur Je-Suis-Le-Meilleur-En-Tout allait pointer le bout de son nez, lui rétorque Donovan, vexé.

Tout d'un coup, j'explose.

— Ça n'est pas un peu fini tous les deux ? Vous êtes insupportables, vous vous en rendez compte ? Qu'est-ce que Jade va penser de notre famille ?

Je fulmine. Une vraie sœur pour Pedro le Taureau.

— Tu es sûre que ça va ? s'inquiète Maddie. On dirait que tu es sur le point de pleurer.

— Mais non, pas du tout. C'est toute cette pression, je ne suis pas faite pour supporter autant de stress… Pardon, je suis désolée de m'être emportée.

David m'enlace pour m'embrasser tendrement.

— Attention vous deux, il y a des âmes sensibles qui regardent ! Ça m'embête de l'admettre, mais David a raison, reprend Maddie. Nous sommes nuls.

— Hé ! s'offusque Donovan, plus pour la forme. Bon d'accord, on ne peut pas dire qu'on a brillé sur les deux premières épreuves. Mais il en reste encore plein. Ce n'est pas notre genre de baisser les bras et de nous avouer vaincus dès le premier obstacle. On en a vu d'autres, non ?

— Ouais, on est une famille qui déchire ! s'enthousiasme Maddie, chez qui la morosité et le pessimisme ne séjournent jamais bien longtemps.

Elle tend son bras et nous posons chacun à notre tour une main sur la sienne. Il ne manque plus que Jade. Je devine son hésitation.

— Tu fais partie de la famille aussi, affirme Maddie qui a dû percevoir le malaise de la jeune fille. Tu es la nièce d'Étienne, le mari de notre mère, et c'est suffisant pour nous.

Jade pose avec délicatesse sa main sur les nôtres. Son visage se fend d'un sourire que nous lui rendons.

Dans un cri poussé en chœur, nous levons ensuite nos mains vers le ciel.

Cette fois, mes yeux s'embuent. Ce n'est pas moi, c'est à cause du vent.

* * *

— Tu fais comme à l'entraînement, souple sur tes appuis, point de regard pour garder l'équilibre, et tu vas tous les exploser ! s'égosille Maddie, regonflée à bloc.

C'est au tour de Jade de briller. Elle est alignée sur une épreuve de rapidité : un parcours d'obstacles jalonné d'énormes pneus qu'il faut franchir le plus vite possible, les pieds entravés par des palmes. Que celui qui a eu l'idée de cette épreuve débile se dénonce[1] !

Nous la regardons se mettre en position, prêts à hurler comme il se doit pour l'encourager. Lorsque le coup de sifflet retentit, lançant le départ de la course, nous sommes à fond derrière elle.

— Allez, Jade, allez, vas-y, oui, c'est ça, tu es la meilleure !

Rapide et agile, elle passe un à un les différents obstacles, sans jamais donner l'impression d'être en difficulté. Quand se présente l'ultime tronçon du parcours, elle est pied à pied – ou plutôt palme à palme – avec une autre concurrente. Elle ne lâche rien, nous non plus.

— T'es la meilleuuuuuuure, Jade, montre-leur, montre-leur ! Tu peux le faire, tu vas gagner !!

Nous sommes déchaînés.

Il reste une vingtaine de mètres à parcourir, quinze, dix… L'écart entre Jade et son adversaire directe est très faible. Mais soudain cette dernière commet une erreur, l'avant de sa palme se plante dans la neige, ce qui la fait

---

1. Alors, je proteste, cette épreuve est tout sauf stupide…

basculer tête la première dans la poudreuse, offrant ainsi la victoire à Jade.

— Et c'est le dossard 677624 qui remporte cette course d'obstacles ! Elle nous vient de Santa-les-Deux-Sapins et se prénomme Jade, vous pouvez l'applaudir bien fort !

Nous poussons des cris de joie et sautons dans tous les sens. Quand elle nous rejoint, nous formons une ronde et tournons autour d'elle jusqu'à en perdre le souffle.

— Grâce à toi, nous venons de remporter 5 000 euros pour sauver l'usine, et notre équipe est désormais créditée de 650 points pour la grande finale ! Plus que 170 000 euros et la Craquotte pourra retourner là d'où elle vient se faire beurrer la face.

170 000 euros… Il va nous falloir un miracle, je ne peux m'empêcher de penser. Mais après tout, Noël approche. Et s'il y a des gens sur Terre pour qui les miracles sont des choses naturelles, ce sont bien les habitants de Santa-les-Deux-Sapins.

— 13 —

21 décembre – Deux minutes avant une mort certaine… ou au moins une fracture

Tout en haut de la piste, le constat est sans appel : c'est haut. J'imagine que pour une course de roulades, la pente a son importance. Mais fallait-il qu'elle soit si… pentue ? Une pente plate, ça se tentait aussi. Je suis certaine qu'on n'a pas laissé suffisamment sa chance à cette option.

Cette épreuve est à la portée de tous, il suffit de s'allonger sur la neige, les bras plaqués le long du corps, et de se laisser rouler jusqu'en bas. Rien d'insurmontable a priori. Sauf que : 1) j'ai peur, et que 2) j'ai très peur. Et si jamais je prends de la vitesse et que personne ne parvient à m'arrêter une fois en bas… Je vais devoir attendre qu'une pente inversée vienne stopper ma course ?

Requinquée par les encouragements du reste de l'équipe que j'entends plus que je ne vois, je ne peux pas me permettre de déclarer forfait. Si j'ai été capable de coucher avec le DRH adjoint dans le parking de mon immeuble, je suis forcément capable de faire ça. Après tout, niveau respect de mon ego, c'est kif-kif asticot.

Lorsque je m'allonge dans la neige, le second constat est de nouveau sans appel : c'est froid. J'ai beau être engoncée dans une combinaison de ski qui a sans aucun doute rétréci au lavage, tant j'ai eu du mal à remonter la fermeture Éclair ce matin, je sens le gel saisir tous mes membres. On se demande souvent ce que l'on serait prêt à faire par amour ; à quelques secondes de dévaler une pente façon phoque en direction de la mer, je peux affirmer : « Presque tout. »

J'ajuste mon masque – histoire de ne pas ajouter au ridicule de la situation, des yeux rouges de lapin myxomateux –, je gaine mes abdominaux – ceux qui sont présents mais protégés par quelques couches de raclette –, et je me mets à prier.

Un coup de feu m'annonce que l'épreuve commence, je sens deux mains puissantes se poser sur moi (en l'occurrence, sur mes fesses) et me donner l'impulsion nécessaire au démarrage. Le troisième constat est pour le moins humiliant : mon corps ne roule pas de manière harmonieuse, non, il rebondit, comme désarticulé, en suivant une direction personnelle qui n'est pas vraiment celle attendue. À peine deux cents mètres en contrebas du point de départ, je suis partie de travers, fonçant à présent vers le bord de la piste et surtout, droit vers des sapins qui menacent de me couper en deux.

Je bénis la couche épaisse de poudreuse qui me stoppe net dans mon élan. Tout au moins les premières minutes. Jusqu'à ce que je réalise qu'il va falloir me sortir de là. Or, les règles sont claires : interdiction d'utiliser ses bras qui doivent rester le long du corps et interdiction de se mettre debout. Tel un serpent, je remue et frétille avec énergie. Le résultat n'est pas à la hauteur de l'engagement, hélas. Tel un ver de terre qui aurait repris trois fois de la tartiflette, je progresse péniblement, millimètre par millimètre, les joues rouges, les cheveux hirsutes et le souffle court. Il me faut plusieurs minutes pour me remettre sur le parcours. Quand j'y suis enfin, je roule aussi vite que je peux, je donne tout ce que j'ai pour essayer de combler mon retard. Ce qui ne sert pas à grand-chose puisque mes concurrents ont déjà passé la ligne d'arrivée – c'est limite s'ils ne sont pas douchés et changés.

— Franchement, on pourrait aussi décider de faire un podium en partant de la fin du classement, tu remporterais la médaille d'or haut la main ! me lance Maddie, écroulée de rire. Tu t'es perdue en chemin ?

Les bras en croix dans la neige, les mèches comme des haricots verts surgelés, l'estomac en vrac, le corps en bouillie, je suis gagnée à mon tour par un fou rire. La question ne se pose plus : on est vraiment capable de faire n'importe quoi par amour.

* * *

— Si j'ai bien compris, tout va reposer sur moi ? demande David.

— Tu as la mémoire courte, lui rétorque Maddie. Tout à l'heure, Jade a remporté son épreuve. Et vu les énormes bras du type là-bas, pas sûre que ton coup de pelle fasse la différence.

— Ça ne veut rien dire. C'est le mental qui compte.

Et un peu la taille des bras pour soulever la pelle, à mon avis, je ne peux m'empêcher de penser, culpabilisant aussitôt de ne pas être à cent pour cent derrière l'homme de ma vie.

Je m'approche de David et lui glisse des encouragements dans le creux de l'oreille. Ça et quelques propositions un peu indécentes parce que je le trouve sexy comme jamais et que j'ai envie de lui, là tout de suite, maintenant.

Il rejoint sa place puis se met en position, prêt à pelleter le plus de neige possible dans une benne en métal posée sur une balance. Au coup de sifflet du speaker, nous assistons à un déferlement de testostérone et de muscles bandés. À un rythme effréné, les hommes plongent leur pelle dans la neige puis la soulèvent avant de faire un mouvement de bascule arrière pour décharger son contenu dans la benne. C'est comme si on assistait à un ballet, ne manque plus qu'une mélodie de Tchaïkovski – remplacée ici par des hurlements et encouragements hystériques des supporters. Les bennes se remplissent à vue d'œil. Le speaker frôle l'apoplexie.

Lorsque retentit le coup de sifflet final, le suspense est à son comble. Pour l'entretenir au maximum, l'affichage des balances est dissimulé par un rabat en plastique. Un juge se positionne derrière chacune d'entre elles et dans une synchronicité parfaite, les rabats sont relevés. Après quelques secondes de silence pendant lesquelles nous comparons les chiffres, l'équipe qui remporte l'épreuve pousse des cris de joie, se jetant sur son héros.

— David est troisième ! exulte Maddie. Troisième ! Il remporte 1 000 euros et 250 points.

Je ne suis que fierté, joie et désir sexuel.

La fierté et la joie en moins.

Ça doit être l'air de la montagne.

* * *

De retour au chalet, nous sommes fourbus mais ravis. Non pas que nous nous réjouissons de nos résultats – en demi-teinte, il faut le reconnaître –, pourtant la journée a été riche en émotions positives. Et il ne nous a pas échappé que le regard de Jade s'est illuminé et que son visage s'est fendu de larges sourires à plusieurs reprises tout au long de cette première journée d'Olympiades.

Hélène s'est surpassée en nous cuisinant pour commencer, un velouté de légumes à tomber par terre, sur lequel nous nous jetons avec appétit.

— N'oubliez pas de respirer entre deux cuillerées, hein ! nous lance-t-elle avec humour. Alors, comment ça s'est passé pour vous, à Clausanne ?

— Disons que tout n'a pas fonctionné comme nous l'espérions, commence Maddie, mais nous revenons quand même avec 6 000 euros et nous avons capitalisé des points pour le classement final. Notre plus grande satisfaction, c'est la médaille d'or de Jade qui a remporté haut la main son épreuve de parcours d'obstacles en palmes !

L'adolescente, sans doute peu habituée à être mise ainsi en avant, rougit jusqu'à la racine des cheveux.

— Bravo, Jade, la félicite Étienne avec enthousiasme.

Son soulagement est visible. Ça ne doit pas être évident pour lui d'accueillir une nièce qu'il n'a pour ainsi dire jamais vue, dans de telles circonstances. J'ai du mal à imaginer qu'il a une sœur en prison. Le connaissant, il a dû essayer de lui venir en aide. Il n'est pas du genre à laisser tomber les gens quand ils ont besoin de lui. Je me demande ce qui a bien pu se passer pour qu'il perde contact avec elle.

— De notre côté, nous n'avons pas chômé non plus, enchaîne Hélène. Tous les billets pour le bal des lutins ont été vendus, et le conseil municipal a validé que l'ensemble des fonds soit utilisé pour sauver l'usine. Il doit y en avoir pour un peu plus de 3 000 euros.

Jade lève un sourcil interrogateur.

— Le bal des lutins ?

— Il a lieu chaque année le 24 décembre, répond Étienne. À Santa-les-Deux-Sapins, il n'y a rien de plus important que Noël, alors c'est un peu notre bal du 14 Juillet.

— L'orchestre a accepté de jouer gratuitement et je me suis entretenue avec la nouvelle cheffe de chœur de la Santa Claurale pour lui proposer que l'ensemble se joigne à nous pour la soirée.

Je repense avec nostalgie à l'année où j'ai eu à diriger cette chorale. C'était pour la participation de Santa-les-Deux-Sapins au concours international du meilleur village de Noël. Nous n'avions pas gagné mais l'interprétation de *La Fille du Père Noël* est restée dans toutes les mémoires.

— Nous avons aussi fait un peu de porte-à-porte auprès des différentes associations du village pour récolter des dons, nous apprend Hélène. Étienne a fait un carton auprès de ces dames du club de bridge. Je les pense secrètement amoureuses de lui. Elles ont fait un don de 1 500 euros.

— Et ça va ? Tu n'es pas jalouse ? l'interroge Donovan.

— Votre mère sait que je n'ai d'yeux que pour elle et ça depuis des années.

Étienne se penche et lui dépose un léger baiser sur les lèvres. Au tour d'Hélène de rougir jusqu'à la racine des cheveux. Ces deux-là sont tellement mignons.

— Je suis plutôt flattée, à vrai dire, d'avoir un mari qui fait tourner les têtes, même si les têtes en question ont plus de quatre-vingts ans et une mise en plis qui tire sur le violet. Mes fils, vous allez voir ce que vous allez voir lors du gala de charité.

— En parlant du gala de charité, intervient Lise qui nous a rejoints pour le dîner, j'ai eu la *Gazette des Deux Sapins* au téléphone et ils ont accepté de couvrir l'événement en publiant un article sur une pleine page. Ils vont également transmettre l'information à tout leur réseau. Si un média régional pouvait s'en emparer, ce serait vraiment chouette.

— J'ai commencé à faire tourner une boîte au boulot, ajoute Ludo. On n'en tirera pas des fortunes, mais ce sera toujours ça de plus.

— Et vous serez ravis d'apprendre que la cagnotte Goyav s'élève désormais à 575 euros ! nous apprend David, en brandissant son téléphone. Si on met bout à bout ce qui a d'ores et déjà été récolté, cela nous amène à un total de 11 250 euros.

À cette annonce, notre enthousiasme retombe tel un soufflé au fromage sorti trop tôt du four. Chacun effectue le calcul dans sa tête. 175 000 moins 11 250… Égal beaucoup trop d'argent manquant. Ce n'est pas un repas avec les hommes qu'il va falloir mettre aux enchères au gala, mais une nuit avec eux à ce rythme. Ils ne l'entendront sûrement pas de cette oreille mais nous avons bien fait, je crois, de commander ces magnifiques strings de Noël. Vu la somme encore à réunir, il faut mettre toutes les chances de notre côté.

— Mon cochon il a boucoup de sous dans son ventre. Tu veux combien de sous, mamie ? Maman elle a dit que je suis riche comme Findus ! nous lance soudain la Grinchette dont nous avions presque oublié la présence.

La vie serait tellement plus simple si on continuait à la voir à travers les yeux d'une enfant de quatre ans.

— 14 —

JADE

Je n'avais jamais vécu une telle journée. Et je ne parle pas des Olympiades, mais de ce que j'ai ressenti. Ils ne me connaissent pas, pourtant ils m'ont accueillie à bras ouverts. Ils m'ont fait une place parmi eux. Tout cet amour qu'il y a entre eux, ça me fiche presque le vertige. Leurs disputes ne sont rien, à côté.

Je ne sais pas si ma mère m'aime autant. Je ne m'étais jamais posé la question. Je n'avais pas de point de comparaison, j'ai pris ce qu'on m'a donné et j'ai fait avec. Quand Hélène regarde ses enfants, on dirait qu'elle les enveloppe dans une couverture douce et épaisse. C'est comme si rien de mal ne pouvait leur arriver.

Avec les années, ce que j'ai appris à lire, moi, dans les yeux de ma mère, c'est le manque. Je peux prédire à quelques jours près qu'elle est sur le point de rechuter. Son regard devient vide et quand elle le pose sur moi, j'ai l'impression qu'elle ne me voit pas. J'ai cherché plein de fois comment la sortir de là, je n'ai pas trouvé. Je me contente de me faire toute petite, de ne pas faire d'histoires, pour ne pas lui rajouter du souci. Heureusement, les familles qui m'engagent pour du baby-sitting ne s'intéressent pas à ma mère. Je fais bien mon travail et leurs enfants sont contents, les parents ne vont pas plus loin. S'ils savaient que je suis la fille d'une droguée, jamais ils ne me feraient confiance.

Elle essaie, je sais qu'elle essaie. Mais elle n'y arrive pas. Peut-être que si elle avait gardé un lien avec son frère, peut-être que si on était venues vivre à Santa-les-Deux-Sapins, tout se serait arrangé depuis longtemps ? On dirait que rien de mauvais ne peut survenir ici. Est-ce qu'il le lui a proposé ? Et pourquoi est-ce qu'on ne s'était pas rencontrés avant qu'elle aille en prison ?

Elle me manque. J'espère que j'aurai le droit de lui parler pour Noël.

Mon oncle m'a donné l'autorisation d'aller me balader. Il a un peu hésité, il n'est pas tard mais il fait déjà nuit. C'est Maddie qui l'a convaincu de me laisser. Elle a dit que c'était bien normal, à mon âge, d'avoir envie d'un peu d'air. Et qu'il n'y avait vraiment rien à craindre dans le coin. Il a fini par accepter, en me collant quand même deux lampes torches dans les mains. Si les piles de la première venaient à lâcher, s'est-il justifié.

Dans mes souvenirs, personne ne s'est inquiété pour moi de cette façon avant que je vienne ici. Même pas les assistantes sociales. Je n'ai pas à me plaindre, je ne me suis pas retrouvée à la rue, mais elles faisaient leur boulot, c'est tout. Un dossier après l'autre. Des filles ou des garçons comme moi, elles en voient passer des tas, si elles devaient s'attacher à nous, elles en perdraient le sommeil.

Je crois qu'Étienne s'en veut. Il ne faut pas. Maman a toujours été bien trop fière pour appeler à l'aide.

Perdue dans mes pensées, les émotions prêtes à déborder, je marche sans véritable but, je laisse mes pas me guider. Quand j'entends les sons diffus d'une mélodie, je devine qu'ils m'ont conduite à travers la forêt, comme la dernière fois.

Archibald est assis sur une souche d'arbre, sa guitare à la main. Les yeux à demi fermés, il murmure des mots que je ne reconnais pas.

Je m'assois à côté de lui, en silence. Il continue à fredonner quelques secondes de plus, avant de poser sa guitare.

— Salut, dit-il en tournant la tête vers moi.

— Salut. Tu chantais quoi ?

— Oh, rien. Juste un truc que je suis en train d'écrire.

— C'était joli. Ça avait l'air d'être une chanson triste.

— Ça parle d'un type qui a perdu la femme de sa vie et qui essaie de la récupérer. Il a fait une connerie et elle lui en veut. Tu veux que je reprenne du début ?

Hier, il ne voulait pas que je l'écoute chanter. Aujourd'hui, c'est lui qui me le propose. J'opine de la tête, il se remet à jouer. Cette fois, il articule les paroles pour que je puisse les suivre. C'est beau. On dirait qu'il a des larmes dans la voix.

Quand il s'arrête, une idée me vient de je-ne-sais-où.

— Tu devrais chanter au bal des lutins.

— Hein ? C'est quoi ce truc ?

— C'est un bal qui a lieu le 24 décembre. Il y aura un orchestre et même une chorale. Tu devrais y participer.

— Je t'ai dit que mon père ne voulait pas, c'est pour ça qu'il m'a envoyé ici avec mon grand-père.

— Peut-être que ça te donnerait justement une chance de convaincre ton grand-père. S'il ne t'a pas entendu, il ne sait pas que tu es doué. Tu dois lui montrer que tu es fait pour la musique.

— Je ne sais pas si ça ferait une différence. Dans ma famille…

— T'as la trouille en fait.

— Quoi ? me rétorque-t-il, vexé.

— C'est ça, j'ai raison. T'as juste pas assez de courage pour monter sur scène et chanter devant tout le monde.

— Qui t'es pour me dire ça ? On se connaît même pas. C'est pas parce que la vie est facile pour toi que t'as le droit de juger les autres.

— Ma mère est en prison. Elle s'est fait prendre alors qu'elle essayait de voler le fric dont elle avait besoin pour se payer sa dose. C'est une assistante sociale qui a appelé mon oncle pour lui demander s'il était d'accord pour m'accueillir ici. Ma vie est tout sauf facile, alors tu vois, si quelqu'un doit avoir peur, c'est moi.

Nous nous toisons en silence pendant un moment.

— C'est pas cool pour ta mère. Désolé.

Même si je pense ce que je viens de dire, je m'en veux un peu d'avoir été aussi brusque. Tout ça n'a rien à voir avec lui. Je hausse les épaules.

— Je savais qu'un jour ça finirait comme ça. C'est bizarre, mais je me dis que ça va peut-être l'aider à décrocher. C'est quand on est au fond du trou qu'on peut prendre appui pour remonter, non ?

— T'as eu de ses nouvelles depuis que tu es ici ? Tu sais si… ça va ?

— Non. J'essaie de pas trop y réfléchir parce que quand je le fais, j'ai des tas d'images horribles qui me viennent.

Il m'observe en silence pendant quelques instants.

— Je comprends mieux maintenant pourquoi tes yeux sont tristes, alors que ta bouche, elle, est en colère. Tu lui en veux mais tu l'aimes quand même.

— C'est ma mère… Alors, tu vas chanter au bal ? je lance soudain pour clore ce sujet qui me fait mal.

— Et si tout le monde me trouve nul ?

— Ça, y a aucun risque !

— 15 —

22 décembre, 10 heures

Après une bonne nuit de sommeil, nous voici de retour à Clausanne pour la seconde et dernière journée des Olympiades. Finies, les épreuves individuelles, place aux épreuves collectives. Pour l'occasion, et notamment la course en luge à chien, nous sommes accompagnés de Pilou, qui arbore fièrement son dossard ainsi que le bandana de l'équipe cousu exprès pour lui par Maddie.

— Je suis certaine qu'aujourd'hui, on va tout rafler ! s'enthousiasme cette dernière. J'ai rêvé que j'étais enceinte, ce ne peut être qu'un bon présage ! Sauf si je tiens compte de la fin du rêve où j'accouchais d'une mini-chèvre…, ajoute-t-elle avant d'éclater de rire.

— Si tu n'existais pas, chère sœur, il faudrait t'inventer, lui lance David avec sincérité.

— Merci d'enfin le reconnaître.

Nous nous dirigeons vers le lac gelé sur lequel va se dérouler d'ici quelques minutes la mythique course en chaises des Olympiades. De nombreuses vidéos de cette épreuve circulent sur Internet, comptabilisant des centaines de milliers de vues. L'enjeu est important : 10 000 euros sont à gagner. Vu nos maigres gains, il va sans dire que nous ne cracherions pas sur une victoire. Même si de mon côté j'ai de nouveau l'estomac en vrac, je décide de parier sur l'intuition de Maddie. Cette journée va nous sourire.

Une fois que nous sommes arrivés sur les bords du lac, j'interpelle le duo infernal sur lequel tous nos espoirs reposent.

— Maddie, Donovan, vous promettez de mettre vos chamailleries en sourdine ? On peut encore changer les participants sinon.

— Chamailleries, quelles chamailleries ? Tu vois de quoi elle parle toi, Donovan ?

— Absolument pas. Chacun sait que tu es l'être humain que j'aime le plus sur cette planète. Va choisir une chaise, partenaire, pendant ce temps-là, je vais récupérer nos dossards.

Je soupire.

— Laisse tomber, m'enjoint David, tu ne les changeras pas. Comme ce sont tous les deux de mauvais perdants, il n'y a pas de meilleur équipage, crois-moi.

Maddie se dirige vers le paddock où sont disposées les chaises qui serviront pour la course. À première vue, elles ont toutes l'air parfaitement identiques. Mais ma belle-sœur prend quand même la peine de s'asseoir sur une dizaine d'entre elles, avant de faire son choix.

— Je pense que celle-ci sera parfaite, nous indique-t-elle, en se relevant de la dernière. L'assise est solide et l'aérodynamisme idéal. Elle va faire des merveilles !

Elle s'empare donc de son bolide et se dirige vers la ligne de départ avec Donovan muni de leurs dossards.

Le nombre de candidats pour cette épreuve est impressionnant, c'est un peu l'effervescence. Heureusement que le lac est assez large. Le but de l'épreuve est assez simple : il faut pousser la chaise et son occupant pour arriver le plus vite possible de l'autre côté de la rive. Rien de bien compliqué, si l'on fait abstraction du terrain glissant sur lequel il va falloir progresser. Pour garantir l'équité – et les glissades – entre les concurrents, chaque pousseur doit enfiler par-dessus ses chaussures de grosses chaussettes en laine.

— Assieds-toi bien au milieu pour équilibrer la chaise et me permettre de m'appuyer dessus.

— Tu fais bien de me le préciser, j'étais sur le point de m'asseoir avec une fesse dans le vide, raille Maddie.

Un premier coup de sifflet nous indique que les concurrents sont appelés à prendre place sur la ligne de départ. Ma belle-sœur s'installe donc sur son bolide métallique, les jambes écartées et tendues devant elle. Pour quelle raison ? C'est une question que je me garde bien de lui poser. Donovan, les mains posées de chaque côté du dossier, la jambe gauche pliée vers l'avant, la jambe droite tendue vers l'arrière, est au taquet.

Le second coup de sifflet lance le départ… de la franche rigolade. Le spectacle est à voir au moins une fois dans sa vie. Entre les chaises qui échappent aux pousseurs et dérivent avec à leur bord un partenaire vociférant et impuissant – tout pied posé à terre étant éliminatoire, nous apprend le speaker –, les pousseurs qui moulinent des mollets mais font du surplace, et les chutes à n'en plus finir… C'est plus une hécatombe qu'une course. Nous faisons de notre mieux pour tenir le fou rire à distance et encourager Maddie et Donovan. La tâche est ardue.

Tous les deux s'en sortent pas trop mal. Donovan donne des impulsions et fait avancer la chaise par glissades successives. Maddie vocifère, elle aussi, mais pour encourager son frère. Elle semble utiliser ses jambes qu'elle garde grandes ouvertes pour maintenir l'équilibre de l'attelage. C'était donc ça, l'explication. Leur progression n'est pas fulgurante mais elle est régulière et efficace. Au fur et à mesure des mètres gagnés, nous nous prenons à rêver d'une victoire. Des dizaines de concurrents ont été disqualifiés, et le gros des autres est loin derrière.

David, Jade et moi sautons dans tous les sens. Enfin, moi surtout. David fait plutôt comme s'il ne me connaissait pas et Jade applaudit avec mesure. Seul son regard trahit son excitation.

— Ils vont gagner ! Ils vont gagner ! je m'époumone.

Maddie fait des mouvements de brasse. Les fesses sur une chaise, au beau milieu d'un lac gelé, elle nage… dans l'air. Et elle donne tout ce qu'elle a.

Ils sont au coude-à-coude avec un autre duo, chacun prenant la tête à tour de rôle. La foule est en délire, le visage du speaker tire dangereusement sur le violet, ils ne sont plus qu'à quelques mètres de la ligne d'arrivée. Cinq, quatre, trois…

— La victoire pour les dossards 76736 et 76737 !

Ils ont gagné ! Je pousse des hurlements de joie. Une fois la ligne franchie et la terre ferme regagnée, Maddie saute dans les bras de son frère. Tous les deux entament une ronde endiablée. Je ne les ai jamais vus aussi complices.

— Est-ce que ça n'était pas la meilleure course de chaises sur glace à laquelle vous ayez assisté de toute votre vie ? fanfaronne Donovan lorsque nous les rejoignons. Et ce style, est-ce que vous avez vu ce style ? Parce que gagner la course c'est une chose, mais la gagner avec classe c'est bien plus difficile. On devrait être récompensés pour avoir offert au monde autant d'élégance.

— Bravo à tous les deux, je l'admets, vous avez été très bons, les félicite David. Qu'est-ce que je t'avais dit, ajoute-t-il à mon intention avec un clin d'œil. Le meilleur équipage…

— Et si on allait boire un verre pour fêter ça ? propose Maddie. C'est toi qui régales, frangin ?

— Je ne voudrais pas jouer les rabat-joie mais dans moins d'une demi-heure, j'ai course de luge à chien, j'interviens. Il faut y arriver un peu en avance, histoire de harnacher mon valeureux destrier.

Le destrier en question ronfle de tout son long, couché à nos pieds. J'espère qu'ils ont prévu un lancer de saucisses tout à l'heure.

* * *

Le volume sonore des aboiements est assourdissant. Nous avons bien fait de nous rendre directement sur le lieu de l'épreuve sans passer par la case « boire un verre », tant il a été compliqué d'enfiler son harnais à Pilou, qui n'y a pas mis du sien, loin s'en faut. Le paysage canin est varié, ce qui s'explique par le règlement de l'épreuve : interdiction de concourir avec un chien de traîneau. Tout le monde doit avoir sa chance, y compris les caniches. Pilou est de loin le plus gros chien inscrit et quelque chose me dit que ça ne va pas forcément jouer en notre faveur.

L'animal est couché dans sa position fétiche, le museau sur ses pattes avant. Seule sa queue bat la mesure avec entrain. Je prends place dans la luge en plastique, vérifie qu'elle est bien accrochée à l'animal poilu qui va devoir la tirer, puis cale mes appuis, dans l'attente du départ.

Le reste de l'équipe n'a pas été autorisé à attendre avec moi, je les aperçois à quelques mètres, de l'autre côté de la barrière. Je leur fais signe que tout est OK.

Un coup de feu donne le top départ. Les yeux à demi fermés, je serre les dents et les fesses, en prévision d'un bond en avant.

Précaution superflue.

Pilou n'a pas bougé d'un centimètre, nullement intéressé par le fait de se lancer à la poursuite de ses congénères. J'essaie de l'encourager, de le motiver mais ne récolte pas mieux qu'un gonflement de babines. Au final, il fournit le même effort que lors de l'entraînement : inexistant. Voilà qui aurait dû nous mettre la puce à l'oreille.

— Pilou, non, tu ne vas pas nous faire faux bond !

À part nous et un yorkshire non homologué de la taille d'un caniche, tous les autres chiens sont partis en courant et sont déjà loin devant. Je me décide à quitter ma luge pour tenter de mettre Pilou sur ses pattes et qui sait, lui faire faire trois pas. Peine perdue. Le chien, à mon approche, s'allonge sur le dos, me dévoilant son poitrail pour des caresses.

— Est-ce que tu crois vraiment que c'est le moment ? Allez, debout, debout ! Tu ne vas pas te laisser distancer par un yorkshire quand même ?

Oui, parce que entre-temps, le yorkshire, lui, s'est décidé à avancer. Et du haut de sa minuscule taille, il parvient malgré tout à tirer la luge de sa maîtresse, qui me jette un regard dédaigneux au passage.

Je pousse Pilou sur son arrière-train, échec cuisant. Cet animal n'a aucune intention de se transformer en cheval de course. Ni en cheval tout court.

Je lève les yeux vers la famille pour y puiser du soutien, je les découvre morts de rire de leur côté de la barrière. Les traîtres.

— Ce n'est pas drôle, hein ! J'aimerais vous y voir.

Le yorkshire géant a parcouru cinq mètres. Pilou, lui, lèche un caillou. Même Cléopâtre aurait fait mieux.

— Ça sera retenu sur tes croquettes ! menacé-je.

Puis un miracle se produit. Les oreilles soudain tendues vers l'avant, Pilou se met debout et effectue un démarrage en trombe, faisant voltiger la luge dans son sillage. Vide, la luge. Parce que évidemment, je n'ai pas eu le temps de me rasseoir dedans.

— Pilouuuu, attends-moi ! je hurle en courant derrière lui. Tu n'as pas l'impression d'avoir oublié quelque chose ? Pilouuuuu !

Maddie rit maintenant à gorge déployée, ce qui met, je l'espère, son périnée à rude épreuve.

Pilou n'est plus qu'un point à l'horizon, mais j'ai dépassé le yorkshire.

Maigre consolation.

* * *

— Le règlement est formel, pour gagner des points, la luge doit franchir la ligne avec une personne à son bord, soupire avec théâtralité Maddie en s'asseyant à côté de nous avant de nous distribuer les sandwiches que nous avons commandés. J'ai tout essayé mais ils sont inflexibles.

Elle me jette un regard en coin avant de pouffer.

— Ha, ha, ha ! très drôle. On ne va pas passer le reste de la journée là-dessus, si ?

— Je crains que si, ma chérie, réplique David en m'embrassant dans le cou. Toi t'époumonant derrière Pilou et sa luge volante, ça va rester dans les annales, comme l'histoire du parking.

Je me renfrogne. Pilou aboie, ravi de sa course et de sa quatrième place, bien loin de ces considérations de règlement.

— Tout le monde ne peut pas avoir mon élégance, mais il y avait un certain style dans le vol plané que tu as fait à vingt mètres de l'arrivée, se moque Donovan.

— Mon pied s'est pris dans une racine. Est-ce que c'est ma faute si elle se trouvait là ? J'aurais pu mourir, je vous signale !

Cette fois, c'est Jade qui se met à rire, avant de rougir et de se concentrer sur son bagel au saumon.

— Fais pas cette tête, il nous reste encore la course à trois jambes. Je suis certaine qu'on va tout déchirer sur cette épreuve, affirme Maddie en mordant à belles dents dans sa bruschetta au pesto.

— Tu ne manges pas ? s'inquiète David alors que j'émiette le pain de mon sandwich pour le plus grand plaisir d'un certain chien qui s'est positionné juste en dessous, gueule grande ouverte.

— Je n'ai pas très faim depuis quelques jours, mais ça va passer.

— Rien de tel qu'une bonne nuit torride pour ouvrir l'appétit paraît-il, déclare Donovan. C'est un truc que j'ai lu dans un magazine de Lise qui traînait sur la table basse. Des petites défaillances à signaler de ce côté, David ? Si tu as besoin de conseils, tu sais que tu peux toujours venir me trouver. Je serai ravi de partager mes connaissances en la matière.

— Tu as lu ça dans un magazine que Lise a laissé traîner ? Tu ne t'es pas dit qu'elle essayait de te faire passer un message, plutôt ?

— Et c'est reparti, soupire Maddie en levant les yeux au ciel. Ce n'est pas un gala de charité qu'on devrait proposer demain mais un combat dans la boue.

Si vous tenez tant que ça à vous battre, au moins faites-le en maillot de bain, ce sera plus plaisant pour le public féminin.

Maddie accompagne sa phrase d'un clin d'œil appuyé à mon intention.

— C'était quoi, ce clin d'œil ? Qu'est-ce que vous manigancez, toutes les deux ? demande Donovan, suspicieux.

— Rien du tout, répondons-nous en chœur.

— C'est pas le tout, mais la course à trois jambes ne va pas tarder à débuter, enchaîne Maddie, il serait temps qu'on y aille.

Je gratifie Pilou, qui n'en demandait pas tant, du reste de mon sandwich, puis me lève pour emboîter le pas de ma belle-sœur. Peut-être qu'on se souviendra longtemps de mon vol plané… Mais gageons qu'on n'est pas près non plus d'oublier leur défilé en string.

* * *

Comme son nom l'indique, la course à trois jambes se court… à trois jambes. Sur le papier, cela semble assez simple. La réalité est tout autre.

Maddie et moi avons enfilé une sorte d'énorme jambière en tissu orange qui maintient ensemble ma jambe gauche à sa jambe droite. Nous profitons des quelques minutes qu'il nous reste pour nous y acclimater et tenter de trouver un rythme qui nous permette d'avancer le plus vite possible sans nous ramasser. Chacune a placé un bras dans le dos de l'autre et nous utilisons notre bras libre pour faire balancier ; la technique semble efficace. Très efficace même.

Nous gagnons la ligne de départ à petites foulées, histoire, au passage, de mettre la pression aux autres participants. C'est mesquin mais nous n'avons plus le luxe de nous en passer.

Lorsque le coup de sifflet retentit, nous jaillissons des starting-blocks telles deux Usain Bolt enragées, distançant aussitôt tous les autres de vingt mètres. Nous poussons des cris pour nous encourager. Hélas…

— Mon pantalon est en train de se faire la malle, me dit soudain Maddie, entre deux foulées.

— Quoi ?

— Mon pantalon glisse ! C'est à cause de ce truc orange là, le frottement tire mon froc vers le bas et comme il est un peu grand, il n'arrête pas de descendre.

Je prends le risque de ne plus regarder devant moi pour jeter un œil à la situation pantalonnière de Maddie. Ledit coupable a en effet dépassé le seuil critique du milieu de ses hanches, dévoilant d'ores et déjà un bout de culotte.

— Tu ne peux pas le tenir avec ta main ?

— Laquelle ? Je n'en ai que deux, je te signale ! La première est dans ton dos et la seconde me sert à maintenir mon équilibre. Et quand je dis « mon » équilibre, je veux dire « notre » équilibre.

Elle tente malgré tout de remonter le fuyard mais la victoire est de courte durée. À peine relâché, le pantalon succombe de nouveau aux charmes de la gravité.

— Il entraîne ma culotte avec lui, pleurniche Maddie qui essaie tant bien que mal de garder le tout sur ses fesses.

Nous perdons un peu de notre avance, mais il n'est pas question que nous nous fassions rattraper. Nous allons remporter cette épreuve même s'il faut que Maddie passe la ligne d'arrivée cul nu.

Et c'est plus ou moins ce qu'il se passe. Enfin, pour ce qui est du cul nu. En ce qui concerne la ligne d'arrivée…

Nous lui disons adieu lorsque Maddie finit par trébucher, son pantalon descendu à mi-cuisse, m'entraînant avec elle dans sa chute.

Adieu veau, vache, cochon, couvée. Bonjour humiliation, moqueries et sarcasmes.

Entre rire et larmes, Maddie s'étouffe, le visage plongé dans la neige.

— Est-ce que tu crois qu'on a fait quelque chose de mal dans une vie antérieure pour mériter ça ?

— À n'en pas douter. On a dû dépecer des chatons vivants ou nourrir des crocodiles avec des bébés...

Comment expliquer sinon ? Comment expliquer...

* * *

L'après-midi s'achève et avec lui se referme la 78e édition des Olympiades de Clausanne. Toutes les équipes ont rendez-vous sur la grand-place de la ville pour la remise des prix. Avec nos 1 500 points, nous finissons très loin du classement de tête et des équipes à plus de 10 000, mais peu importe. Nous avons donné le meilleur de nous-mêmes, compte tenu de notre temps de préparation minimal. Il va sans dire qu'avec plus d'entraînement – d'accord, beaucoup, beaucoup plus d'entraînement – nous aurions obtenu d'autres résultats. Nous repartons néanmoins avec quelques médailles en poche et mine de rien, 16 000 euros récoltés pour l'usine.

— Tu penses qu'on va parvenir à réunir la somme exigée par de Wassa ? je demande à Maddie alors que nous regagnons la voiture. Il en manque quand même un sacré paquet.

— Je refuse de penser que nous allons échouer. Je mise tout sur le gala de demain.

C'est elle qui a raison, le gala de charité devrait faire monter la cagnotte de manière conséquente. Il n'y a plus qu'à espérer que les hommes acceptent d'enfiler leurs… costumes.

* * *

Au chalet, l'ambiance est festive. Dans le salon, nous découvrons Lise et Hélène lancées dans une chorégraphie endiablée, sur une musique électro.

— C'est pour une vidéo Toc Toc ! nous informe Hélène, essoufflée. Une idée de Lise pour récolter des fonds.

— Une fille a obtenu près de 4 000 euros pour la défense des marmottes avec une vidéo de ce genre, alors je me suis dit que ça ne coûtait rien d'essayer, se justifie Lise devant nos moues sceptiques.

— Viens danser avec nous, maman ! C'est rigolo, regarde.

La Grinchette se trémousse avec ardeur puis accourt vers Jade pour l'entraîner avec elle. L'adolescente se laisse faire. Bien que raide, son corps finit par se mettre en mouvement. Des petits pas pour commencer, de légers déhanchements. Puis elle se laisse gagner par l'entrain général. Elle se détend, ses mouvements sont plus fluides, plus chaloupés. Elle sourit. Son regard s'éclaircit, elle redevient alors ce qu'elle est, une enfant.

Sans vraiment nous en rendre compte, nous finissons tous par nous mettre à danser, même David qui pourtant déteste ça et refuse toujours ne serait-ce que de partager un slow avec moi. Nous nous laissons gagner par ce lâcher-prise bienvenu.

Pilou jappe et fait des bonds tout autour de nous, Cléopâtre miaule à fendre l'âme, planquée sous un fauteuil, à l'affût de mollets dénudés et sans défense.

Peut-être que malgré tous nos efforts cela ne suffira pas, que la dinde aux marrons en tube va l'emporter… L'espace d'un instant, cela ne compte plus. Il n'est plus question de chorégraphie, d'argent à collecter. Juste de s'amuser, là, tous ensemble. En famille.

Personne n'y prête attention, mais il s'est mis à neiger.

— 16 —

JADE

Sur la terrasse, confortablement installée sur un transat et emmitouflée dans une couverture, je contemple le ciel étoilé. Toute cette agitation, ce bruit, ces rires… Je ne suis pas habituée. Je trouve ça chouette, pourtant depuis une demi-heure que je suis sortie, je dois faire des efforts pour retenir mes larmes.

— Je peux ? me demande Étienne que je n'ai pas entendu arriver.

— Oui, bien sûr.

Il s'installe sur le transat à côté du mien. Du coin de l'œil, je vois sa mâchoire tressaillir alors qu'il hésite à lancer la conversation, sans y parvenir.

— Je n'avais jamais mangé de gratin de pommes de terre au Mont-d'Or, dis-je pour l'aider à crever le silence. C'était délicieux. Hélène cuisine drôlement bien.

— Tu pourras le lui dire, ça lui fera très plaisir. C'est de loin la meilleure cuisinière que je connaisse. Ça a toujours été un moyen pour elle de dire aux gens qu'elle les aime. Un bon repas pour adoucir tout le reste. Je lui dis souvent qu'elle aurait dû ouvrir un restaurant, je suis certain qu'elle aurait eu beaucoup de succès et que les gens auraient fait des kilomètres pour avoir le privilège de déguster ses plats savoureux et réconfortants.

Son visage s'est animé, ses yeux sont brillants. Je n'avais jamais entendu quelqu'un parler de sa femme comme ça. C'est beau.

Un instant, j'ai peur qu'il ne s'arrête et que nous retombions dans un silence un peu gênant mais non, il finit par aborder le sujet qui l'a conduit sur la terrasse.

— Un oncle qui débarque dans ta vie comme ça, au bout de quinze ans… Tu dois sûrement te demander pourquoi tu ne m'as jamais vu jusqu'à maintenant, pourquoi je n'ai pas été plus présent pour ta mère et toi…

— Maman ne veut pas qu'on l'aide. Elle dit toujours qu'elle doit s'en sortir toute seule, que ce qui ne la tue pas…

— … la rend plus forte. C'est ce qu'elle répétait quand elle était ado. Edwige n'a jamais été… facile. Il fallait toujours qu'elle se fasse remarquer, qu'elle se lie d'amitié avec des marginaux, adeptes des mauvais plans. Et puis elle était tout le temps en colère. Contre la terre entière. Je n'ai jamais compris pourquoi. Un jour, un peu avant ses dix-huit ans, elle s'est disputée avec notre mère, c'était fréquent, mais là, ça a été trop loin. Edwige a claqué la porte de la maison et a disparu pendant plusieurs mois. Nos parents étaient fous d'inquiétude. Elle a fini par nous écrire pour annoncer qu'elle était en Espagne, qu'elle avait rencontré quelqu'un, l'amour de sa vie, disait-elle. Lorsqu'elle est revenue, elle était majeure et libre de vivre sa vie comme elle l'entendait. Je travaillais déjà à cette époque et vivais dans un petit studio. Je lui servais de point de chute quand elle était en galère, quand elle ne savait pas où dormir. J'ai essayé tellement de fois de l'aider, de lui trouver quelque chose de stable. Je n'ai jamais réussi. Il y avait toujours un problème. Et elle me mentait sans arrêt. Un soir, elle a sonné chez moi, je ne l'avais pas vue depuis six mois au moins, j'avais tout juste un coup de fil de temps en temps, qui me confirmait qu'elle n'était pas morte... Elle était enceinte de toi. J'y ai vraiment cru, cette fois-là. Qu'elle allait se poser, faire des efforts, se soigner... Parce qu'elle n'était plus toute seule. Et elle t'aimait déjà. Mais quelques mois après ta naissance, elle a de nouveau suivi les sirènes d'une vie meilleure, je ne sais où avec je ne sais qui. Je m'étais démené pour elle, pour toi. Je lui avais trouvé un logement, un travail, je m'étais porté garant. À mon tour, j'ai été en colère. Contre moi, pour m'être fait avoir une nouvelle fois ; contre elle, parce qu'elle était celle qu'elle avait toujours été... Elle a dû le sentir – il s'est passé trois ans avant qu'elle ne reprenne contact avec moi. Elle m'a adressé une lettre, m'a raconté sa vie. Elle sortait de cure, elle s'était inscrite pour suivre une formation d'esthéticienne, tu allais bien. J'étais en colère, blessé par son départ. Peut-être que j'aurais dû saisir la main tendue, peut-être que la suite aurait été différente... Je lui ai répondu, lui ai envoyé un peu d'argent, « les cadeaux d'anniversaire en retard », c'était l'excuse que j'avais trouvée. Elle ne voulait pas de mon argent, mais « sous forme de cadeaux », elle l'acceptait. Elle a continué à m'écrire de temps à autre, toujours quand ça allait mieux, pour me dire que cette fois, ce serait la bonne. Et moi j'ai continué à lui répondre en lui expédiant de l'argent pour les anniversaires ratés... Quand elle m'a appelé l'autre soir pour me dire qu'elle venait d'être condamnée, je m'en suis voulu de ne pas avoir fait plus, de n'avoir pas su passer au-dessus de ma colère et de ma déception. Je voulais te demander pardon pour ça.

— La providence... C'était toi, alors !

— La providence ?

— Parfois, quand je rentrais chez nous, il y avait des cadeaux sur la table... Les placards étaient pleins de gâteaux.

J'avais de nouveaux habits, et une fois j'ai même eu une parure de lit avec des petits lapins, je me souviens. Et pour m'expliquer d'où venaient toutes ces choses, elle me disait : « La providence, ma puce, c'est la providence ! » Petite, je trouvais que la providence c'était encore mieux que Noël. En grandissant, je n'osais plus poser de questions, de peur des réponses…

— Je suis vraiment désolé… Je ne peux qu'imaginer combien la vie n'a pas dû être facile pour toi. Quand je vois ce qu'Hélène est capable de faire pour sa famille, moi qui n'ai pas su aider ma sœur et ma nièce…

— Je ne t'en veux pas. Lorsque l'assistante sociale m'a parlé d'une solution familiale, c'est vrai que je me suis dit que c'était bizarre de parler de « famille » pour un oncle que je n'avais jamais vu. Mais je ne t'en veux pas. Maman… Je sais comment elle est. Je sais comme elle réussit à épuiser ceux qui essaient… Même moi, j'ai arrêté. Même moi.

Étienne pose sa main sur la mienne et la serre. Nous restons là un moment, silencieux, plongés dans nos souvenirs et nos regrets, sous un des plus beaux ciels étoilés que j'aie pu admirer.

* * *

Je pense à ma mère. Ce que m'a raconté Étienne, forcément, ça m'a remuée. Je m'inquiète pour elle. Je crois qu'elle a toujours fait son possible pour m'épargner, pour me préserver des noirceurs de sa vie. Ces derniers temps, je donnais le change en faisant semblant de ne rien voir. Je sais que je compte pour elle, souvent j'ai senti que c'est parce que j'étais là qu'elle essayait encore et encore. Sans moi, elle aurait renoncé depuis longtemps…

Étienne m'a dit tout à l'heure qu'il était compliqué pour le moment de lui téléphoner mais que je pouvais toujours lui écrire. Il m'a donné tout ce qu'il fallait pour ça. Pourtant j'ai du mal à trouver les mots. J'ai balancé plusieurs feuilles chiffonnées à la poubelle.

Maman,

Je suis bien arrivée à Santa-les-Deux-Sapins chez ton frère et sa femme Hélène. Elle est très gentille. Elle doit avoir peur que je meure de faim parce qu'elle cuisine tout le temps des tas de trucs. Je vais finir par exploser à force de manger des cookies. Elle en fait au chocolat blanc, je suis sûre que tu les aimerais. Ce soir, on a eu un gratin de pommes de terre au Mont-d'Or, c'est le truc le plus délicieux que j'ai jamais mangé.

J'espère que pour toi ça va, que ce n'est pas trop dur…

Je me sens stupide. Évidemment que c'est dur, elle est en prison. Privée de tout et du plus important dans la vie : la liberté.

Je voulais te dire de ne pas t'inquiéter pour moi. Je suis bien ici. Tout le monde est aux petits soins. Il y a une petite fille de quatre ans, Samantha, qui pense que je suis une sorcière. Elle est marrante. Ce soir, nous avons même dansé. Comme on le faisait parfois toutes les deux, le samedi soir. Tu t'en souviens ?

Je crois que je me suis fait un ami aussi. Il s'appelle Archibald. Retiens bien son nom, un jour il deviendra une grande star de la chanson.

Tu vois, je ne suis pas seule. J'espère que toi non plus… Je sais que tu détestes ça.

Je voudrais lui écrire que je ne lui en veux pas. Mais ce serait un mensonge. Une partie de moi reste très en colère contre elle. Parce qu'elle savait qu'un jour ça finirait comme ça et qu'elle ne l'a pas empêché.

Tu me manques. J'espère qu'on pourra se parler bientôt. Jade.

Je souhaite que tout ça puisse l'aider. Qu'elle va réussir à se soigner, à se sortir du trou dans lequel elle est tombée. Je me dis que j'aurais pu tomber dedans avec elle. Je me demande souvent comment j'ai pu y échapper.

Je culpabilise un peu d'être heureuse ici. Si c'est arrivé, c'est uniquement parce que ma mère est… là où elle est. Mais je suis soulagée de me sentir bien. Pour la première fois depuis longtemps, je n'ai pas peur de ce qu'il pourrait se passer dans la nuit en allant me coucher.

— 17 —

23 décembre –
L'heure où choisir c'est renoncer,
à peu près 10 heures donc

De nombreuses études scientifiques démontrent que faire un câlin à un arbre entraîne une baisse significative du stress et a des effets positifs sur la tension artérielle. Si l'arbre en question est un arbre de Noël, est-ce que ça compte double ? Parce que bon, ça pique, alors…

Comme chaque année, Hélène a embarqué toute la famille pour faire le choix du sapin qui viendra embellir le salon du chalet. Le cérémonial est immuable, il faut arpenter toutes les allées de la pépinière, observer dans les moindres détails, caresser chaque arbre pour ressentir son énergie avant de déterminer lequel aura la chance de crouler sous les boules et les guirlandes.

Nous examinons les candidats depuis plus d'une heure déjà lorsque Hélène nous surprend avec une proposition inhabituelle.

— J'aimerais que le choix de l'arbre revienne à Jade cette année.

Quand on sait l'importance que revêt cette décision pour elle, c'est une énorme marque de confiance. Étienne, visiblement ému, s'approche de sa femme pour déposer un tendre baiser sur ses lèvres.

— Moi ? Vous êtes sûre ? Pourquoi ? bredouille l'adolescente.

— Parce que c'est un moment qui compte beaucoup pour moi, pour notre famille. Et que tu fais partie de cette famille désormais.

— Mais il y a tellement d'arbres…

— À qui le dis-tu ! C'est chaque année plus difficile, je trouve. Laisse-toi guider par ton cœur. C'est ce qui donne toujours les meilleurs choix.

Après une petite minute de réflexion, Jade fait quelques pas en arrière puis tourne lentement sur elle-même, accordant un regard à chaque arbre, avant de tendre la main vers l'un d'entre eux.

— J'aime bien celui-là. Ce n'est pas le plus symétrique, sa cime est un peu de travers, mais il semble solide. Et réconfortant… ajoute-t-elle à voix basse, avec une sorte de timidité.

Le visage d'Hélène se fend d'un large sourire.

— Alors, allons-y pour ce sapin ! Très bon choix, Jade. Et maintenant, retour à la maison pour un déjeuner bien mérité.

Un déjeuner ? Ce n'est pas comme si le petit déjeuner venait juste de s'achever…

* * *

Le salon est envahi de cartons de décorations. Le sapin, apporté par Étienne en début d'après-midi, trône en plein milieu, branches déployées. Il n'est certes pas très symétrique, mais il est majestueux.

— Quel est le thème cette année ? je demande à Hélène.

— Pas de thème. J'ai pris goût à la spontanéité et à votre vision de la décoration, Pauline. Donc, faites-vous plaisir, les enfants !

C'est dans un brouhaha joyeux que nous nous attelons à la tâche. Il y a tellement d'options différentes qu'il nous faut chaque fois plusieurs minutes pour faire le tri et décider quelle suspension, le mini-traîneau ou la pomme de pin, la boule rouge ou la verte, va atterrir sur l'arbre.

Au bout d'une heure, nous reculons tous d'un pas pour admirer le résultat. Les guirlandes lumineuses, installées par David, clignotent et font briller l'arbre de mille feux.

— Et maintenant, la touche finale, annonce Hélène en déposant au pied du sapin une boîte en bois finement ouvragée, contenant nos boules de Noël.

Elle les a fait graver à nos noms au fur et à mesure des années. Il y en a une pour chacun d'entre nous. Je me souviens de mon émotion lorsque j'ai découvert la mienne, alors que je lui mentais en faisant semblant d'être la petite amie de David.

— Il y a mon nom sur cette boule ! s'exclame alors Jade, surprise.

— Je l'ai fait graver hier. Elle te plaît ?

Sans un mot, l'adolescente s'avance vers le coffret et saisit la boule avec une infinie délicatesse. Bleu turquoise, striée de filaments orangés, elle est superbe.

Les larmes aux yeux, après l'avoir redéposée sur l'emplacement en velours du coffret, Jade se dirige vers Hélène et la prend dans ses bras. Ça ne dure qu'un instant, mais ça suffit à tous nous faire renifler.

— Tu pleures ? me murmure David au creux de l'oreille.

— Non. Ce sont mes allergies. Tu sais bien que je suis allergique… aux aiguilles de sapin.

Et aux demandes en mariage, aux retrouvailles dans les aéroports, aux adieux sur les quais de gare… Hier, j'ai même été allergique à une publicité pour des biscuits au chocolat. Il va falloir que je prenne rendez-vous d'urgence avec un allergologue, moi.

— 18 —

23 décembre, 19 heures – L'heure du string… de Noël !

La salle que louent habituellement Maddie et Lise pour les réceptions de mariage est méconnaissable. Les tentures de satin rose et blanc, romantiques à souhait, ont laissé la place à une multitude de guirlandes lumineuses et autres suspensions de Noël rouge, vert et or. Les tables sont elles aussi joliment décorées, avec au centre des branches de sapin et des paquets cadeaux fictifs.

Au fond de la pièce, un podium a été dressé, éclairé par de nombreux spots et entièrement recouvert de velours rouge.

Si Lise n'a pas participé aux Olympiades, elle a abattu un boulot de dingue pour que puisse se tenir le premier gala de charité organisé à Santa-les-Deux-Sapins.

— Ça vous plaît ? nous demande-t-elle, l'air inquiet. Tout n'est pas parfait, si j'avais eu plus de temps…

— Il faudrait être difficile pour ne pas aimer, tu as bossé comme une forcenée ! m'exclamé-je. Il me faut deux jours pour ne serait-ce que faire une valise, et toi en deux jours, tu fais… ça.

— Si tu n'étais pas déjà mon associée, je te proposerais de le devenir sur-le-champ, ajoute Maddie.

Soulagée, Lise doit expulser l'équivalent de deux tonnes d'air de ses poumons.

— Je suis heureuse que ça vous plaise. Venez que je vous présente Romy, c'est la jeune femme qui va animer la soirée. Elle est… et puis non, vous verrez bien !

Intriguées, et un peu tendues, soyons honnêtes, nous traversons la salle jusqu'à une table installée dans le fond, derrière le podium. Un technicien s'affaire autour d'une femme afin de l'appareiller. Bien que de petite taille, avec sa robe jaune volumineuse, son bandeau dans les cheveux assorti, ses créoles et chaussures à talons turquoise, on ne peut pas la louper.

— J'ai l'impression d'être Lara Fabian qui s'apprête à monter sur scène. *Je t'aime, je t'aiiiiiime comme un fou, comme un soldat, comme une star de cinémaaaaa*, commence-t-elle à chanter. Moi, c'est Romy, dit-elle en nous tendant une main, une fois son refrain terminé.

— Romy, je vous présente Maddie, mon associée et belle-sœur, et Pauline, mon autre belle-sœur.

— Est-ce que les hommes aux enchères vont défiler dans les jolies petites choses que j'ai entraperçues dans les loges tout à l'heure ? nous lance-t-elle, les yeux gourmands.

— Tout à fait. Mais… ils ne sont pas encore au courant justement pour ces… jolies petites choses.

Elle éclate de rire.

— Voilà qui nous promet une belle soirée !

— Je tenais à m'excuser pour la sollicitation un peu tardive, reprend Lise. J'espère que vous n'avez pas dû annuler vos vacances en famille à cause de nous. Ce gala s'est décidé à la dernière minute, c'est un cas de force majeure en quelque sorte.

— Oh non ! Ne vous inquiétez pas. J'étais certes en vacances mais toute seule, donc aucun souci. À vrai dire, je commençais à m'ennuyer ferme, alors ça tombe à pic !

— Ça fait longtemps que vous intervenez pour animer ce genre de soirée ? demande Maddie.

— Non, ce sera ma toute première fois. Vous serez mon dépucelage de gala de charité ! Quand j'étais petite, le curé de notre église faisait souvent appel à moi pour faire circuler le panier lors de la quête, ce ne sera pas bien différent. Soyez tranquilles, tout va très bien se passer ! J'ai juste une petite question, est-ce que l'un des messieurs mis en jeu ce soir est libre ?

En même temps… Un 23 décembre, à la dernière minute… Il ne fallait pas non plus espérer de miracle.

* * *

— Euh… Pauline ? m'appelle David de sa loge. Je crois que nous avons un problème.

— Ah bon ? Comment ça ? fais-je semblant de m'inquiéter en le rejoignant.

— Maddie nous a dit qu'on trouverait nos costumes dans les loges. J'ai cherché mais je n'ai rien trouvé d'autre que ce truc en forme de bonnet de Noël, m'explique-t-il en pointant du doigt le string sagement suspendu sur une patère. Tu sais où les costumes sont rangés ?

Je lui adresse alors mon plus beau sourire.

— Ne me dis pas que…

— C'est une idée de Maddie.

— Ça m'aurait étonné.

— Il faut qu'on récolte un maximum de fonds, alors…

— Vous vous êtes dit que si on défilait à moitié nus avec ce… machin sur le sexe… C'est hors de question. Je refuse de me ridiculiser.

— Quand c'est une femme qui doit se déhancher les seins à l'air, ça ne te choque pas, mais quand il s'agit de ta virilité, là, ça pose problème ! je m'insurge en mode féministe, avec une touche de mauvaise foi.

— Ma virilité va très bien, merci de t'en inquiéter. Est-ce que tu as bien regardé ce…

— String pour homme ? C'est comme ça que ça s'appelle. Il est mignon, non ? Regarde, il y a même un petit grelot au bout du bonnet. Il fera du bruit quand ton… quand tu marcheras. Donovan aussi va en porter un, tu ne veux pas qu'il se fiche de toi parce que tu n'auras pas osé ?

La rivalité fraternelle est mon dernier argument, j'espère qu'il ne me fera pas défaut.

— Je te jure que tu me revaudras ça.

Bingo. Toujours aussi efficace.

— Je suis sûre que tu vas affoler ces dames dans cette tenue.

— Tu ne seras pas trop jalouse qu'elles se disputent mon corps nu ? me susurre-t-il avec un clin d'œil coquin.

— Ça devrait aller, ne t'inquiète pas. Il se pourrait même que ça m'excite de les voir fantasmer sur toi, ajouté-je au bout de quelques secondes.

— Ah oui ? T'exciter à quel point ?

— Tu le verras cette nuit, je lui murmure à l'oreille avant de l'embrasser à pleine bouche.

Ce qui n'a bien sûr rien à voir avec de la jalousie. C'est juste au cas où l'une des femmes de l'assistance serait très jolie.

On n'est jamais trop prudente.

* * *

La salle est pleine à craquer. Rien qu'avec la vente des billets d'entrée, on peut considérer que c'est une belle réussite. Tout ce que Santa-les-Deux-Sapins compte de femmes est présent, ou presque.

— Alors, comment ont réagi les vôtres ? je m'enquiers en rejoignant Maddie et Lise au pied du podium.

— J'ai dû promettre de réaliser la moitié des fantasmes de Donovan.

— Hé ! Pourquoi est-ce que Ludo m'a seulement demandé de lui faire des crêpes pour le petit déjeuner demain matin ? s'offusque Maddie. Moi aussi, je veux réaliser des fantasmes sexuels ! On essaie de faire un bébé, c'est pas en se goinfrant de crêpes que ça va fonctionner.

— C'est peut-être la raison pour laquelle il n'est pas allé sur ce terrain... hasardé-je.

— Je suis en pleine phase d'ovulation ! Après un long tunnel d'abstinence, quel homme ne serait pas ravi de pouvoir faire l'amour avec sa femme plusieurs fois par jour ? J'accepte même qu'il aille à l'essentiel, alors que bon, l'essentiel, ça n'est pas vraiment ce que je préfère.

Lise et moi nous regardons, gênées.

— Vous pensez que c'est trop, c'est ça ? Ça me rend dingue de ne pas réussir à être enceinte. Si ça a fonctionné pour Sam, pourquoi est-ce que ça ne marche plus ?

— Faites une pause, je suggère à ma belle-sœur. Peut-être que vous avez besoin de retrouver de la spontanéité, de ne plus penser à la finalité. Même si j'imagine que ça doit être difficile.

— Je ne sais pas. Tu as sans doute raison. Je pourrais me limiter à lui faire des crêpes, cette fois. C'est sympa des crêpes au petit déjeuner, je le reconnais. Même si ça ne vaut pas une bonne petite b...

La fin de sa phrase est rendue inaudible par une musique qui annonce le début du spectacle.

L'animatrice de la soirée est sur le podium, toujours dans sa volumineuse robe jaune.

— Bonsoir, Santa-les-Deux-Sapins ! Je me prénomme Romy et c'est moi qui vais avoir le privilège de vous présenter les alléchants messieurs qui vont s'offrir à vous ce soir. Cependant, avant d'accueillir notre premier concurrent, il faut que je vous avoue une chose : j'ai cherché sur Internet pour voir si votre village existait vraiment[1]. J'ai cru qu'il s'agissait d'une blague ! Et depuis, je n'ai qu'une envie, venir m'installer chez vous. Enfin bref, nous ne sommes pas là pour « Cherche maison à vendre » mais pour récolter des fonds. Je vais donc vous présenter tour à tour les quatre hommes qui ont accepté de se prêter au jeu des enchères. Je vous rappelle qu'un dîner romantique est à gagner avec chacun d'entre eux, alors préparez vos pancartes, mesdames ! On commence avec le premier mâle de la soirée : un tonnerre d'applaudissements pour Donovan !

Au bout du podium, le rideau s'ouvre, laissant apparaître la silhouette musclée de Donovan. Il avance de quelques pas, faisant tinter la clochette au bout de son… bonnet de Noël. Malgré ce corps avantagé par la nature dont n'importe qui s'enorgueillirait, il affiche un sourire plus que crispé. Pire que Chandler devant un objectif.

Romy siffle, admirative.

— Est-ce que tous les hommes d'ici sont comme ça ? Parce que si c'est le cas, je déménage sur-le-champ, la moindre cabane fera l'affaire.

Donovan la rejoint à l'avant du podium. Il regarde Lise d'une manière appuyée qui en dit long sur leur nuit à venir.

— Quel regard de braise ! s'exclame Romy en s'éventant de la main. Capable de faire fondre votre petite culotte,

1. Tu n'es pas la seule, Romy, tu n'es pas la seule…

commente-t-elle, à fond dans son rôle. Si vous avez envie que ce beau jeune homme vous dévore des yeux pendant toute une soirée, vous savez ce qu'il vous reste à faire, mesdames !

Donovan s'anime, comme s'il avait soudain oublié sa gêne et sa tenue. Il arpente le podium, remue ses fesses, bande… ses muscles[1]. Et petit à petit, la salle s'enflamme. Les enchères fusent. 100, 200, 500, 1 000… Elles sont quelques-unes à agiter leur pancarte avec frénésie. Des femmes d'un certain âge, pour ne pas dire d'un âge certain. Je reconnais Mireille, la présidente du jury du concours annuel de cookies, engoncée dans une robe léopard qui ne cache rien de son anatomie.

— Nous en sommes à 1 340 euros, 1 340 euros pour une soirée en compagnie de cet apollon qui mesure 1 m 80 pour 80 kg de muscles bruts et sauvages. Allons, vous n'allez pas vous arrêter en si bon chemin ! Vous êtes capables de mieux que ça. Regardez-moi ces pectoraux parfaitement dessinés, et ces cuisses, oh, ces cuisses, je sens déjà que mes nuits ne seront plus jamais les mêmes, ce corps va coloniser mes rêves. 1 360 pour la dame devant, 1 400 au fond, 1 420, 1 450…

— C'est incroyable ce qu'elles sont prêtes à dépenser pour dîner avec Donovan, me dit Maddie à l'oreille. Si elles savaient qu'à l'adolescence, l'odeur qui émanait de ses pieds était pire que celle du reblochon, je te garantis qu'elles seraient moins enthousiastes.

Sur le podium, Donovan joue les stars, multiplie les poses aguicheuses.

— Ça va, Lise ? je demande à la jeune femme.

Plutôt timide et réservée, elle est amoureuse de Donovan depuis qu'elle est gamine, et a souffert en silence pendant des années de le voir changer de filles comme de caleçons.

---

1. Vous avez l'esprit mal placé…

Ce n'est que lorsqu'elle est rentrée quelques jours d'Australie pour assister au mariage d'Étienne et Hélène qu'il a enfin posé les yeux sur elle. Depuis, entre eux, c'est l'amour fou. Ce qui m'arrange, il faut bien l'avouer, vu que j'avais appris que si Lise se languissait pour son beau Donovan, mon David, lui, s'était longtemps langui pour la belle Lise…

— Ça va. Elles achètent un dîner, moi je couche avec lui, alors il n'y a pas à s'inquiéter, me répond-elle aussi sereine qu'un homard au-dessus d'une marmite d'eau bouillante.

— 2 058 euros une fois, 2 058 euros deux fois, 2 058 euros trois fois ! Adjugé à la dame en robe léopard, annonce Romy. Félicitations, madame, voilà de l'argent bien employé.

Mireille bondit sur scène. Enfin, bondit… Se hisse tant bien que mal, compte tenu de son arthrose et de sa robe. Elle s'approche de Donovan, dont le sexe doit se recroqueviller dans son bonnet, pose ses mains sur ses joues et, telle une vieille arrière-cousine qui pique, l'embrasse sur les lèvres.

— Hé ! s'offusque Lise. Elle n'a pas de mari, cette femme ?

— Elle en a eu. Trois. Ils sont tous morts. Épuisés par son appétit sexuel, lui répond Maddie avant d'éclater de rire. Si tu voyais ta tête ! Tu ne vas pas être jalouse de Mireille quand même ? Elle a au moins cent cinquante ans. Alors oui, certes, elle est riche…

Au bras de Donovan, Mireille parade, fière comme un paon ridé.

— Je vous propose de laisser votre cavalier aller ranger toutes ces petites choses ravissantes pour revêtir un costume plus couvrant, et d'accueillir notre prochain candidat qui se prénomme Ludovic !

Mireille, toute guillerette, descend du podium, frôlant la fracture du col du fémur au passage, puis reprend sa place et sa pancarte.

— Tu crois qu'elle va enchérir pour les autres aussi ?

— J'en ai bien l'impression. Elle a faim, la Mireille. Tu sais, elle fricotait avec Gilbert, mais depuis qu'elle ne lui a pas accordé le premier prix du concours de cookies, au bénéfice de maman, le Gilbert, il est allé voir ailleurs. Résultat, il satisfait la voisine maintenant.

— Pauvre Mireille.

— Pauvre Gilbert, tu veux dire. La voisine, elle est encore plus âgée que Mireille. Et sourde comme un pot ! Il paraît qu'elle hurle son prénom à en briser les fenêtres pendant qu'il est à son affaire. Le conseil municipal a déjà reçu plusieurs plaintes à ce sujet.

J'éclate de rire. Il n'y a qu'à Santa-les-Deux-Sapins qu'on peut entendre des histoires pareilles.

Ludovic est désormais à hauteur de Romy. Bien moins à l'aise avec son corps que Donovan, il se dandine d'un pied sur l'autre, les mains devant son bonnet à grelot.

— 1 000 euros ! crie Maddie en levant sa pancarte. Je t'aime, mon cœur !

— Tu enchéris pour un dîner avec ton propre mari ?

— C'est pour lancer le truc. Regarde, le pauvre, il frissonne dans son string.

— Nous avons une enchère à 1 000 euros, rebondit Romy, est-ce que quelqu'un d'autre a envie de partager un repas avec ce charmant monsieur ? Allez, ne soyez pas timides, mesdames. Peut-être que vous pourriez nous faire quelques pompes, Ludovic, pour encourager les enchères ? Ou bien nous chanter quelque chose ? Une belle chanson d'amour, par exemple.

Romy colle le micro devant la bouche de Ludo, ne lui laissant guère le choix. Il se met alors à chanter. D'une belle voix que je ne lui connaissais pas.

1 200, 1 250, 1 320, 1 350… Ça lève de la pancarte à tout va. Maddie regarde son mari avec une infinie tendresse.

C'est vrai que cet homme aux poignées d'amour qui chante du Cabrel en string de Noël, ça n'est pas dénué de poésie.

— Nous en sommes à 1 425, 1 440, 1 500 ! 1 500 une fois, 1 500 deux fois, vous êtes sûres que vous n'avez plus rien dans le portefeuille ? Alors c'est de nouveau vous, madame en robe léopard, qui l'emportez. Deuxième dîner de la soirée, pour 1 500 euros.

Mireille a encore frappé.

* * *

Quand vient le tour de David, après un intermède dansant plutôt réussi et animé, j'avoue que je suis mal à l'aise pour lui. Est-ce que j'aurais accepté de parader en bikini, quand bien même ce serait pour une bonne cause ? Pas certaine. Mon homme est raide comme la justice, les bras le long du corps.

— Regardez ce que nous avons là, glousse Romy. 1 m 85 de testostérone si j'en crois ma petite fiche, mais aussi une tête bien pleine. Un docteur en neuropsychologie, excusez du peu. Bonsoir, David.

— Bonsoir.

— Voix sexy, je sens que cela ne va pas laisser la dame en robe léopard indifférente.

Mireille, émoustillée, acquiesce en poussant de petits cris d'excitation.

— Est-ce qu'on vous a déjà dit que vous ressembliez à David Charvet ? Pas le David Charvet un peu défraîchi et chiffonné de maintenant, mais le David Charvet hypersensuel d'il y a quinze ans. Pouvez-vous faire semblant de courir comme lui sur la plage avec ce truc de sauveteur en plastique qu'il avait tout le temps dans les mains ?

— Euh… Vous voulez que je coure… ?

— Oui, c'est ça. Enfin, pas trop non plus, je ne voudrais pas que vous vous fassiez mal, répond Romy, en baissant les yeux vers son entrejambe. Ce serait dommage. Voulez-vous le voir courir, mesdames ?

La foule en délire applaudit à tout rompre. Maddie y compris.

— Tu n'imagines pas quelle paix royale j'aurai pour les vingt prochaines années si j'ai dans mon téléphone une vidéo de David en string de Noël qui court sur une scène, se justifie-t-elle. Tu es fille unique, tu ne peux pas comprendre mais crois-moi, avoir des dossiers sur ses frères, c'est vital quand on est le seul représentant féminin de la fratrie.

David se met donc à courir, comme David Charvet sans sa bouée, mais en string. Du côté de l'assistance, Mireille agite sa pancarte comme une épileptique. Les enchères s'envolent. 1 200, 1 300, 1 500, 1 700, 2 000, 2 100 euros... Certaines ont presque les yeux qui leur jaillissent de la tête. Mes doigts se crispent sur mon verre. Et Maddie filme avec son portable.

— Tu ne serais pas jalouse toi, par hasard ? se moque ma belle-sœur.

— Moi, jalouse ? Alors, là, absolument pas. Tu n'y es pas du tout. Je... je me soucie juste de son bien-être, voilà. À courir comme ça, pieds nus sur la scène, il pourrait se récupérer une écharde. Et une écharde, crois-moi, que... eh bien ça fait mal, baragouiné-je.

— 2 150, 2 180, 2 200, 2 230 euros ! s'époumone Romy qui semble, elle, heureuse comme une surprise dans un œuf Kinder.

J'ai envie de grimper sur le podium pour embrasser mon homme et montrer à toutes ces femmes qu'il est à moi. Et que je n'aime pas trop partager. Je ne suis pas jalouse. Ça n'a rien à voir. C'est juste pour le protéger, c'est tout.

0 % jalousie – 100 % instinct de protection. Ou alors, 80 – 20. Mais pas plus. 80 % de jalousie et 20 % de protection.

— 2 345 une fois, 2 345 deux fois… Attention, si personne ne fait monter les enchères, je vais être obligée d'en finir. Personne ?

Je voudrais hurler 10 000 euros et leur clouer le bec. Sauf que je ne les ai pas. Et que j'ai malgré tout envie de repartir avec ma dignité.

— C'est de nouveau notre amie habillée de léopard qui l'emporte pour la somme de 2 345 euros ! Encore toutes mes félicitations, madame. Vous allez passer une sacrée semaine si vous enchaînez les dîners les uns après les autres. Ça ressemble un peu à un conte de fées, votre histoire. Enfin… un conte de fées interdit aux moins de dix-huit ans.

Mireille, tout sourires, parade. Ses copines lui lancent des regards mauvais. C'est vraiment moche la jalousie, ça ne rend pas grâce aux gens, je songe en toute bonne foi.

— Tu crois qu'elle prévoit de faire une orgie comme au temps des Grecs ? s'inquiète Maddie.

J'ordonne à mon cerveau de ne pas faire apparaître cette image de Mireille allongée sur un divan en toge blanche et léopard, entourée de Donovan, Ludo et David, affublés de leur string bonnet et l'éventant avec d'immenses feuilles de palmier. Trop tard.

La salle redevient soudain silencieuse. Toutes les têtes se sont tournées vers le podium, sur lequel se tient un homme d'âge mûr à la musculature parfaite, ni trop, ni trop peu, le torse légèrement ombré de poils gris, les épaules carrées, sexy en diable. Gêné, il passe sa main dans ses cheveux, n'osant pas affronter l'assistance.

— Mais c'est Étienne ! s'exclame Maddie. Regarde, Pauline, c'est Étienne ! Eh ben dis donc, j'en connais une qui ne doit pas s'ennuyer au lit…

— Maddie ! s'offusque Hélène derrière nous.

— Oups, désolée, maman… Je ne t'avais pas vue.

— Je suis d'accord avec votre fille, interviens-je. Votre mari est… disons qu'il…

— Ne dormirait pas dans le lavabo, c'est comme ça que vous dites, vous les jeunes ?

— Dans la baignoire, il ne dormirait pas dans la baignoire, maman. On va dire qu'Étienne est… physiquement intelligent.

Les yeux d'Hélène[1] brillent de plaisir. Elle admire son mari qui, lui, ne sait que faire de son corps quasi nu.

— Est-ce qu'il y a un microclimat qui explique que tous les hommes de cette ville ont le potentiel érotique de Ryan Gosling ? demande Romy. Comment vous appelez-vous ?

— Je m'appelle Étienne et je suis…

— Célibataire ? À la recherche de l'amour avec un grand A ? En admiration devant les femmes qui portent des robes jaunes ?

— … ravi d'être là pour participer à ce gala de charité. Marié et plus à la recherche de l'amour, puisque j'ai épousé il y a quelques mois, Hélène, la femme de ma vie.

Soupirs dans l'assistance. Romy se plante un poignard virtuel dans le cœur.

— Il fallait s'en douter. Je ne vois que deux raisons qui expliqueraient qu'un homme comme vous soit célibataire : des poils entre les orteils ou une odeur nauséabonde en provenance directe du caleçon. Vous sentez plutôt bon, et rien ne semble pousser sur vos pieds… Ceci explique cela. Nous allons démarrer les enchères à 1 000 euros. Et c'est uniquement parce que je dois repartir chez moi demain que je ne tente pas ma chance.

---

1. Rien à voir avec *Les Cœurs brûlés*…

S'engage alors une lutte acharnée entre tous les spécimens féminins présents. Les enchères atteignent des sommets. Si Donovan et David continuent à jouer au jeu de qui a la plus grosse, il n'y aura qu'à leur rappeler qu'Étienne, leur beau-père bien plus âgé a fait exploser les compteurs et la libido de toutes les femmes de Santa-les-Deux-Sapins en âge de procréer… ou non.

— 3 000, 4 000, 4 500, 5 000, 6 500, 8 000 !! hurle Romy dans son micro. 8 000 euros pour un dîner, c'est tout bonnement incroyable !

Hélène ne semble nullement ennuyée par cette débauche d'enchères. Elle n'a d'yeux que pour Étienne qui n'a d'yeux que pour elle. Tout ce désir sexuel, ça m'ouvre l'appétit. Quand est-ce qu'on mange ? Décidément, je suis détraquée en ce moment. Ça doit encore être cette histoire de Mercure en rétrograde.

— 10 000 euros, nous en sommes à 10 000 euros, 10 300, 10 500, 15 000 ! s'écrie Romy. 15 000, Mireille le veut ce dîner avec Étienne ! 15 000 une fois, est-ce qu'il y a quelqu'un pour 15 100 ? 15 000 deux fois… Eh bien, rebelote, le dîner sera pour Mireille. Et c'est un quatre à la suite ! scande-t-elle à la manière de Julien Lepers.

Mireille est si émue qu'elle reste bouche bée, ne sachant plus comment exprimer sa joie.

— Ne claquez pas maintenant, ce serait dommage d'avoir dépensé tant d'argent et de partir avant les dîners, s'inquiète Romy. Ce sont donc 20 903 euros qui ont été récoltés ce soir, mesdames et messieurs, 20 903 euros, que Mireille arrondit à 21 000 euros, m'apprend-elle à l'instant. 21 000 euros pour Santa-les-Deux-Sapins ! Vous pouvez l'applaudir, ainsi que les quatre messieurs qui ont accepté de se prêter au jeu.

Nos quatre hommes, à présent en smoking, entourent une Mireille à la mine réjouie et à peine moins riche qu'il y a deux heures.

21 000 euros, c'est beaucoup d'argent mais au fond de nous, il y avait cet espoir de récolter davantage. Parce que plus le temps passe, et plus les chances de réunir la somme demandée s'amenuisent…

* * *

— Quelle soirée ! Je me suis régalée, nous dit Romy une fois descendue de son podium et le public parti. Je crois même que je ne m'étais pas autant amusée depuis des années. J'ai envie de participer à votre collecte. Je n'ai pas bien saisi pourquoi vous cherchiez à réunir des fonds, mais je suis certaine qu'il s'agit d'une bonne cause. Je vais demander à l'agence de vous verser mon cachet pour la soirée. Il s'agit de 1 000 euros seulement, mais ma mère me répétait toujours que les petits ruisseaux font les grandes rivières. Bon, elle me disait aussi « Mêle-toi de tes affaires »… Celle-là, elle est moins en votre faveur !

— C'est adorable à vous, la remercie Hélène. Et j'espère que vous reviendrez à Santa-les-Deux-Sapins. Le village propose beaucoup d'activités. Nous avons une patinoire, vous pouvez louer un traîneau avec des chiens pour faire une balade…

— Je reviendrai avec plaisir. Pas pour les activités en extérieur, mais pour toute cette testostérone ambiante. Découvrir votre village, c'est comme un homme qui trouve votre point G. Improbable mais tellement bon.

* * *

Il est minuit passé lorsque nous nous couchons, David et moi. Le gala a été un tel succès que le rendez-vous a été pris pour l'année prochaine. On aura tout le temps d'ici là de trouver une nouvelle bonne cause. Avec les billets d'entrée, la cagnotte de la soirée s'élève finalement à 24 500 euros, les hommes ayant accepté de faire des photos avec celles qui le voulaient… toujours en string de Noël. C'est Maddie qui a eu l'idée.

— Tu as l'air contrarié ? me demande David.

— Je crois qu'on n'y arrivera pas.

— On n'arrivera pas à quoi ?

— À réunir la somme demandée. C'est beaucoup trop. Si on réussit à avoir 80 000, ce sera déjà un miracle… Alors 175 000…

— On aura essayé et fait notre maximum.

— Et tous ces pauvres gens qui vont perdre leur travail le lendemain de Noël, tu y penses ?

— Bien sûr que oui. Mais je ne vois pas ce qu'on pourrait faire d'autre… Peut-être qu'on pourra négocier un délai ? Peut-être que si on lui propose quand même une somme importante, il sera ouvert à la négociation ?

— Ça m'étonnerait. Il a l'inflexibilité des hommes blessés.

— Dans ce cas, il n'y aura rien à se reprocher. On aura fait de notre mieux.

Les larmes me montent aux yeux. Comment peut-on être sans cœur à ce point et mettre des dizaines de gens au chômage le lendemain de Noël ?

— Ne me dis pas que tu pleures…

— Je ne te le dis pas alors, répliqué-je avant d'éclater en sanglots.

— Je ne pensais pas que ça t'affectait autant, déclara-t-il en me prenant dans ses bras pour me réconforter.

— Tu sais bien que je me suis attachée à ce village ! Santa-les-Deux-Sapins, c'est ta mère, c'est toi, c'est Maddie… On ne peut pas laisser un vieux grincheux l'emporter, si ?

— Tant que le coup de sifflet final n'a pas retenti, la partie n'est pas terminée. Il nous reste encore deux jours, il peut se passer beaucoup de choses en deux jours.

… Ou rien du tout. Et c'est bien ça qui m'inquiète.

— 19 —

24 décembre, 9 heures –
L'heure du festin à la Hélène

Lorsque nous rejoignons la cuisine, accueillis par un concert d'aboiements joyeux et de miaulements désespérés, Hélène apporte la dernière touche à la table du petit déjeuner. Au « banquet du petit déjeuner » serait plus adapté.

— J'ai invité Maddie, Ludo, Donovan et Lise, se sent-elle obligée de se justifier.

— Tu veux dire que tous les autres jours de l'année, ils s'incrustent sans invitation, c'est ça ? la taquine David.

— Je sais, j'en ai fait trop. Cela dit, il y a Jade maintenant en plus…

— C'est vrai, tu as raison, la présence de Jade change tout. Et nécessite de passer d'une montagne de pancakes à deux montagnes de pancakes, dit David qui en chipe un au passage.

— J'ai préparé du pain perdu aussi. Cela faisait des années que je n'en avais pas fait.

— J'adorais quand tu nous en donnais à la place du repas du soir, quand nous étions petits.

Hélène est soudain stoppée dans son élan. Elle se tourne vers David, les yeux brillants d'émotion.

— C'est vrai ? Tu en gardes un bon souvenir ?

— Euh… oui. Très bon. Ces soirs-là, on avait le droit de regarder les dessins animés, et de se coucher plus tard, c'était la fête. Pourquoi ? J'ai dit quelque chose qu'il ne fallait pas ? s'inquiète David.

— Non, non. Bien sûr que non, mon chéri. C'est juste que… Ça n'a pas toujours été facile. Quand votre père m'a quittée et qu'il m'a laissée seule avec vous trois… Disons que le pain perdu, c'était parfois tout ce que j'avais la force de cuisiner. J'avais tellement honte de ne pas être capable de faire plus.

David s'approche de sa mère et la prend dans ses bras.

— Nous n'avons jamais manqué de rien. Et certainement pas de nourriture. Les soirées pain perdu, crois-moi, étaient celles que nous préférions.

— Encore en train de faire pleurer notre pauvre mère de bon matin, les interrompt Donovan en entrant dans la cuisine. Il faut que tu arrêtes de lui demander quel est son fils préféré, tu sais très bien que c'est moi. Oh, ça ne sentirait pas le pain perdu ? demande-t-il. J'adorais quand tu nous en faisais. Quand mes copains devaient finir leurs épinards, moi je m'empiffrais de pain perdu recouvert de cassonade.

David adresse un clin d'œil à sa mère. Elle sèche ses larmes et dépose une bise sur la joue de Donovan.

— Vous savez très bien que je n'ai pas de fils préféré. En revanche, j'ai une fille préférée.

— On parle de moi ? lance Maddie à la cantonade. J'espère que c'est pour vanter mes talents et ma grande beauté.

Hélène s'approche de sa fille et l'embrasse à son tour sur la joue. C'est un petit déjeuner de veille de Noël ordinaire, en famille. Chaleureux, généreux, convivial. À leur image. Je n'ai pas eu le sentiment de manquer de quelque chose étant gamine. Ce n'est que depuis que je partage des moments avec eux que je réalise à quel point j'étais seule.

Jade nous a rejoints. Elle s'est assise sans faire de bruit. C'est sans compter Samantha qui la repère aussitôt et lui grimpe sur les genoux.

— Je peux m'asseoir sur toi ? Comme ça si maman m'oblige à finir un cruc pas bon, tu pourras lui jeter un sort de sorcière. Elle est où ta baguette ? À l'école, j'ai dit que j'avais une nouvelle grande sœur. Tu veux bien être ma grande sœur ? Papa et maman se font des bisous pour m'amener un petit srère. Mais c'est caca les petits srères. Moi je veux une grande sœur. Je veux toi.

Jade sourit et murmure quelque chose à son oreille. Samantha bat des mains et réclame des petites crêpes avec boucoup de confioture à la sraise.

— Et si après le petit déjeuner, on se faisait un concours de bonhomme de neige, comme au bon vieux temps ?

— Tu veux dire un concours dans lequel David, Donovan et moi terminons immanquablement ex æquo parce que tu refuses de nous départager ? bougonne Maddie.

Hélène rit.

— On s'en fiche du gagnant, non ?

— Mais non, on ne s'en fiche pas, au contraire ! s'insurge Maddie.

— Je suis d'accord avec Maddie pour une fois. C'est important de savoir qui est le meilleur constructeur de bonhomme de neige. Surtout si c'est moi.

— D'accord, d'accord. Nous n'avons qu'à dire que c'est Jade qui départagera vos œuvres.

La jeune fille lève le nez de son assiette, surprise.

— Moi ?

— Tu es la seule à pouvoir faire preuve de neutralité, je le crains.

— Moi aussi, moi aussi je veux faire un bonhomme de neige. Ce sera un bonhomme de neige en forme de Pilou !

* * *

Il a bien neigé encore cette nuit. La couche de poudreuse qui recouvre le jardin est impressionnante. Des conditions idéales pour un concours de bonhomme de neige. Bien emmitouflés dans nos combinaisons de ski, nous sommes prêts à en découdre et dans l'attente d'un top départ de la part de Jade. Seul Étienne a dû nous fausser compagnie pour se rendre à la pépinière. Cela paraît surprenant mais il y a bel et bien encore des gens qui achètent leur sapin le 24 décembre. Pour peut-être l'enlever le 26. Des adeptes du « avant Noël, ce n'est pas Noël, après Noël, ce n'est plus Noël[1] ». Il doit ensuite livrer les arbres pour le bal des lutins. Selon la tradition, les sapins sont positionnés tout autour de la piste de danse, ce qui confère à ce bal de Santa-les-Deux-Sapins quelque chose de magique.

— Vous êtes prêts ? Alors, c'est parti ! Vous avez une heure et pas une minute de plus pour faire le plus beau bonhomme de neige possible ! lance Jade, avec un enthousiasme qui fait plaisir à entendre.

Séjourner dans ce village, avec cette famille, va lui faire le plus grand bien.

Mais trêve de mièvrerie, place à la compétition. Chacun d'entre nous se jette sur la neige pour commencer à façonner son bonhomme. Deux tactiques s'affrontent : faire rouler une boule pour qu'elle devienne de plus en plus grosse ou amasser une tonne de neige en monticule et l'arrondir ensuite pour former le corps du personnage.

---

1. Qui sont ces gens… ?

Je suis pour ma part adepte du « petite boule deviendra grande ». Sauf que la petite boule est devenue tellement grande qu'elle pèse 1,5 tonne et qu'il est désormais impossible de la faire rouler. Tant pis, ça ira bien, à cet endroit. Je me remets à l'ouvrage pour obtenir une boule plus petite qui me servira pour la tête de mon bonhomme de neige. Je grogne comme un bœuf lorsqu'il est temps de la soulever pour la positionner au bon endroit. C'est là que la méthode de l'amassage, puis du façonnage est peut-être plus lombairo-compatible.

Je recule de quelques pas pour admirer mon chef-d'œuvre et me félicite de ses belles proportions. Maintenant il faut le décorer, car c'est là que se fera toute la différence et que se jouera la victoire. Il me faut quelque chose d'original. Réfléchis, Pauline, réfléchis.

Soudain, l'illumination. Je fonce vers le chalet, grimpe quatre à quatre les marches qui mènent à notre chambre pour fouiller le placard dans lequel David range ses affaires. Le voilà, je l'ai trouvé.

Quand je ressors, je croise Maddie qui elle aussi, visiblement, a besoin d'accessoires complémentaires.

Il me faut des branches. De retour dans le jardin, j'inspecte les alentours mais tout ce que je vois c'est de la neige, et encore de la neige. Mes yeux finissent néanmoins par repérer un tas de petits branchages morts, sans doute là en attente qu'Étienne vienne les évacuer. C'est ma chance, il n'y a plus une seconde à perdre. Je cours ramasser mon précieux butin et me remets à l'ouvrage. Je plante une branche en plein milieu du ventre de mon bonhomme, deux autres sur les côtés du corps pour les bras, puis je sors l'accessoire qui, à coup sûr, me fera remporter la victoire : le bonnet string avec lequel les garçons ont défilé hier. Quelques cailloux pour les yeux et la bouche, et ce sera terminé.

— Tu fais un bonhomme de neize avec un zizi, tata Baleine ? C'est rigolo. Elle est bizarre sa culotte. On dirait que z'est un chapeau, glousse Samantha.

La Grinchette, elle, a finalement décidé non pas de faire un bonhomme de neige, mais de transformer Pilou en bonhomme de neige. Elle qui sait se faire obéir de l'animal, l'a fait allonger sur le sol et essaie tant bien que mal de le recouvrir de neige.

— La neige, elle glisse. J'arrive pas, se plaint-elle.

Pilou, sans doute lassé par un jeu nettement moins amusant qu'il ne l'avait cru au départ, se lève et s'ébroue avant de trottiner dans le jardin, la truffe à l'affût de la moindre odeur de nourriture. Il est presque midi, ce chien est réglé comme une pendule.

Samantha se met à pleurer.

— Mon bonhomme de neize est parti !

Mais cela ne dure pas, elle rejoint très vite son chien bonhomme de neige en fuite, qui, la tête la première dans la poudreuse, creuse un trou comme si sa vie en dépendait.

— Pilou a trouvé un crésor ! jubile Samantha en battant des mains.

Un trésor… ou plus probablement un vieil os tout rabougri enterré là il y a des mois…

— Oh, une saussure de dinosaure ! s'exclame-t-elle.

… ou une vielle godasse de jardinage.

— Il ne vous reste plus que quelques minutes, nous informe Jade, concentrée sur sa tâche d'arbitre.

Je me recule pour admirer ma création, et suis plutôt satisfaite du résultat qui me paraît rigolo.

— Attention, 5, 4, 3, 2, 1, top, c'est fini ! crie Jade comme si elle se croyait dans les cuisines de Top Chef.

Nous levons les bras en l'air. Les dés sont jetés. Je comprends tout de suite que mon bonhomme de neige ne remportera pas le premier prix quand je vois celui de Maddie.

Le sien a un tablier de cuisine et semble tenir une poêle dans une main. On dirait…

— C'est moi ! s'exclame Hélène. Oh, merci, ma chérie.

Ceux de Lise, Ludo et Hélène sont assez classiques, avec une écharpe et une carotte en guise de nez. Celui de Donovan vient sans doute de subir une grave intervention de neurochirurgie, la moitié de sa tête gît sur le sol.

Pour finir, il reste l'œuvre de David. Une sorte d'homme d'affaires de neige. Veste, cravate, lunettes, chaussures de ville. Tout y est.

— Je vous présente Hémorroïde de Wassa. Le frère de Romuald.

Nous éclatons tous de rire. Sans surprise, c'est David qui l'emporte. Quand on est en couple avec le vainqueur, c'est presque comme si la victoire nous appartenait, non ? Je dis que oui.

* * *

Après un déjeuner familial et animé, nous sommes tous affalés sur le canapé, les paupières lourdes, victimes du phénomène postprandial.

— J'y pense ! se réveille soudain Maddie, il faut que je vous fasse essayer vos robes pour le bal des lutins. Elles sont dans le coffre de la voiture, je vais les chercher.

Nous n'avons même pas le temps de réagir qu'elle a filé.

— Une robe ? s'inquiète Jade. Je ne savais pas. Est-ce qu'on est obligé de…

Elle n'a pas le loisir de terminer sa phrase, interrompue par Maddie qui est déjà de retour.

— Je nous ai fait la même, les filles, nous annonce-t-elle à Lise et moi. Je me suis dit que ça pourrait être sympa d'être habillées pareil. On pourra faire comme les demoiselles de Rochefort.

— Elles étaient deux…, je ne peux m'empêcher d'intervenir.

— Oui, eh bien nous, on sera trois. Les demoiselles de Rochefort, version 2023. Tu ne la connais pas encore ? Dans cette version, les jumelles retrouvent leur père et découvrent qu'il a eu une troisième fille avec une autre femme, qui, hélas, a fini par le quitter pour un homme vingt ans plus jeune, mais nettement moins riche.

Maddie me tend une housse contenant ladite robe. La première fois qu'elle m'a proposé de porter une de ses créations, j'ai beaucoup appréhendé. Elle aime ce qui est court, décolleté et un peu provocateur. Mais je sais à présent que ma belle-sœur est aussi une couturière très douée, les vêtements qu'elle confectionne mettent toujours notre silhouette en valeur.

Quand elle distribue la dernière robe à Jade, je sens la même appréhension chez la jeune fille. Je lui souris pour la rassurer. Elle dézippe lentement la housse pour laisser apparaître une pièce cousue dans un très beau velours de couleur rouge foncé.

— Je l'ai terminée hier soir. Comme c'était une surprise, je ne pouvais pas prendre tes mesures, alors j'ai fait selon ce que j'ai observé. Ça ne devrait pas être trop mal, déclare Maddie, confiante, jaugeant la robe en la posant devant la jeune fille. Est-ce que tu veux bien aller l'essayer ? J'ai apporté mon matériel à couture au cas où il faudrait la reprendre un peu.

Jade se dirige vers la salle de bains du rez-de-chaussée. Lise et moi en profitons pour découvrir nos tenues. Des robes elles aussi en velours, mais vert et parsemé de petites feuilles dorées, fines bretelles, jupon évasé. De vraies robes des années soixante.

Celle de Samantha est en taffetas bleu, avec un jupon de tulle, une robe de princesse comme elle les aime. Pour

Hélène, qui n'aime pas trop ce genre de tenues, Maddie est restée classique, une robe droite avec un léger drapé au niveau des hanches pour sublimer sa silhouette.

Pressée de voir comment tombe la mienne, j'enlève mon pull et enfile la robe par-dessus mon débardeur et mon pantalon. Le décolleté, que je trouve pour une fois un tout petit peu serré, est disons... généreux. Les bretelles sont suffisamment larges pour ne pas glisser, le jupon a une forme parfaite. Je me dandine pour enlever mon jean, déjà sous le charme.

Je n'ai pas le temps de remercier Maddie car, à cet instant, Jade revient dans le salon. Elle est magnifique. La robe, à col montant, sans manches, met en valeur la finesse et la blancheur de ses bras. Près du corps mais pas trop, elle s'évase petit à petit pour tomber un peu en dessous du genou.

— Tu es telle que je l'imaginais ! s'enthousiasme Maddie. Avec une ceinture dorée pour souligner ta taille et des chaussures à talons de la même couleur, tu seras la reine du bal.

L'adolescente, gênée, rougit.

— Merci beaucoup. Elle est vraiment très belle.

— On dirait une princesse de Noël ! lance Samantha. Maman, maman, est-ce que Jade peut venir chez nous pour toute la vie ? demande-t-elle, pleine d'espoir. Elle a dit dans mon oreille tout à l'heure qu'elle voulait bien être ma sœur.

— Euh... Je te l'ai expliqué l'autre jour, Jade est venue passer quelques mois à Santa-les-Deux-Sapins, parce que sa maman ne peut pas s'occuper d'elle pour le moment. Mais un jour, il faudra qu'elle retourne dans sa famille, tu ne voudrais pas qu'elle soit privée de sa maman, hein, ma chérie ?

— Sa maman, elle peut venir chez nous aussi ? Elle pourra dormir dans mon lit !

— Si elle dort dans ton lit, tu dormiras où, toi ?

— Dans le tien ! Papa lui, il peut dormir sur le canapé, comme maintenant. Des fois il dort là quand il regarde un flim. J'entends qu'il fait des bruits de ronpich comme les cochons. S'il te plaît, maman. Je veux une grande sœur.

— La maman de Jade a demandé à son frère de s'occuper de sa fille. C'est pour ça qu'elle habite avec Étienne et Mamie.

— Mais Mamie, c'est une mamie. Elle est crès vieille !

— Quel âge crois-tu que j'ai ? lui demande Hélène, plus amusée que vexée par la tournure de la discussion.

— Ch'sais pas trop, mais au moins mille ans ! Un peu comme les dinosaures. Est-ce que t'avais peur des dinosaures ? Est-ce qu'ils te couraient après quand tu devais aller à l'école ?

Hélène éclate de rire.

— Les dinosaures sont encore plus vieux que moi, tu sais. Heureusement, je n'ai pas eu la malchance d'en croiser un.

— Moi, j'ai pas peur des dinosaures. Parce que ma grande sœur c'est une sorcière et aussi une princesse de Noël. Dis, Mamie, tu veux bien qu'elle viende chez nous ?

— Peut-être qu'il faut d'abord lui poser la question à elle ? Si elle en a envie, je pense que son tonton Étienne sera d'accord.

— Moi, j'ai deux tontons ! Tonton Donovan et tonton David ! s'exclame-t-elle en passant du coq à l'âne, avant de foncer sur son partenaire de crime, Pilou, et de courir vers une nouvelle bêtise.

— Qu'en penses-tu, Jade ? Tu voudrais aller vivre chez Maddie, Samantha et Ludo ? demande Hélène. Ne t'inquiète pas, je sais qu'Étienne et moi faisons figure de vieux grincheux à nos âges, et je comprendrais si tu préférais t'installer chez ma fille.

— Je ne vous trouve pas grincheux. Pas du tout. Vous êtes tous les deux très gentils. Je ne sais pas ce que j'aurais fait si vous n'aviez pas voulu de moi… J'ai beaucoup de chance d'être ici. Mais je n'ai pas de frère, ni de sœur et Samantha est vraiment chouette. Alors, oui, je crois que ça me plairait bien d'aller chez Maddie, si ça ne vous pose pas de problème.

L'intéressée, émue, s'approche de l'adolescente et, sans un mot, la prend dans ses bras. Hélène, les yeux tout aussi embués, enlace le duo à son tour. Quant à Lise et moi, solidarité familiale oblige, nous rejoignons le câlin de groupe, en larmes.

— Qu'est-ce que j'ai raté ? demande David toujours affalé sur le canapé, les yeux mi-clos et réprimant avec difficulté un bâillement communicatif. Pourquoi est-ce que vous êtes en train de pleurer toutes les cinq ? C'est parce que mon bonhomme de neige était plus réussi que le vôtre ? C'est vrai que moi aussi, ça pourrait me faire chouiner une défaite pareille.

— N'en fais pas trop, mon chéri, répliqué-je. La victoire modeste te va beaucoup mieux au teint.

— Si on pleure, c'est juste parce que… eh bien, parce qu'on est heureuses, dit Maddie. C'est tout bête parfois, le bonheur. Ça tient à pas grand-chose. Comme à une petite fille de quatre ans qui va avoir une grande sœur.

— 20 —

JADE

Il en faut peu pour être heureux, vraiment très peu pour être heureux… Je fredonne cet air depuis que j'ai quitté le chalet. Quand je m'en aperçois, je pouffe de rire. C'est bizarre, la vie. Dans un film, je ne me souviens plus lequel, ils disent que c'est comme une boîte de chocolats, on sait jamais sur lequel on va tomber. Je trouvais cette phrase plutôt niaise. Aujourd'hui, je la comprends mieux.

Je m'en veux toujours un peu de me sentir heureuse. Parce que pour maman, ça doit être dur. J'essaie de me convaincre que de toute façon pour elle, ça ne change rien que je sois bien ou mal. Elle ne bénéficierait pas d'une remise de peine pour cause de fille dépressive.

Archie m'attend à l'endroit habituel, tout sourires. Lui aussi doit avoir dans la tête cet air du *Livre de la jungle*.

Depuis notre dernière rencontre et ma suggestion qu'il chante au bal ce soir, nous avons échangé des dizaines de messages. S'il m'affirmait au départ qu'il ne chanterait pas, les questions pratiques qu'il me posait montraient bien combien au fond de lui, il avait envie de le faire. À force d'encouragements, il a fini par céder. Nous avons échafaudé toutes sortes de plans, pour conclure que le plus simple serait d'approcher les membres de la Santa Claurale à la fin de leur prestation pour leur demander de nous prêter leur matériel quelques minutes.

— Pas trop stressé pour ce soir ? je lui demande.

— De ouf. Mais avant de te faire écouter ma nouvelle compo, je voudrais te montrer quelque chose.

Il me prend la main et m'entraîne plus profondément dans la forêt. On suit un sentier, puis un autre, on grimpe, on contourne des arbres. Je glisse à plusieurs reprises mais Archie me retient. Au bout d'une bonne vingtaine de minutes de marche, je commence à m'inquiéter.

— Tu es sûr qu'on va savoir retrouver notre chemin ?

— Fais-moi confiance. Mon grand-père est obnubilé par son histoire d'usine, alors je passe tout mon temps ici, à composer. Et je n'ai jamais été autant inspiré par un endroit.

Mon rythme cardiaque s'accélère. Son grand-père. L'usine. Je comprends soudain qu'il est le petit-fils de Romuald de Wassa.

Mon oncle et toute sa famille, moi y compris, sommes en train de réunir de l'argent pour contrecarrer le projet de son grand-père, mais il l'ignore encore. Je décide de ne rien lui dire, tâchant de faire taire le sentiment de culpabilité qui monte en moi. De toute façon, on n'y arrivera pas, alors ça changerait quoi qu'il le sache ? Comment aurais-je pu deviner qu'ils étaient de la même famille ? Je n'ai jamais vu son grand-père et lui ne m'a jamais dit son nom de famille.

— Nous y sommes, déclare-t-il en s'arrêtant net, les bras grands ouverts, si bien que je le percute, et me retrouve collée à lui.

Tout d'abord surpris, il finit par refermer ses bras autour de moi avant que j'aie eu le temps de faire un pas en arrière. Ou peut-être qu'il le fait parce qu'en réalité, je n'ai pas bougé d'un centimètre. Il baisse les yeux vers moi.

Des sortes de petits cristaux dorés illuminent ses pupilles. J'ai le cœur qui bat à mille à l'heure. Je n'ai encore jamais embrassé de garçon. Je me fais sans doute des films, il ne va rien se passer du tout. On est amis, c'est tout. Il est juste heureux de ne pas être tout seul dans la forêt.

Puis il pose ses lèvres sur les miennes. Tout doucement. C'est la sensation la plus extraordinaire au monde. Si je ne m'assois pas dans une minute, mes jambes vont flancher, c'est sûr. Il doit le deviner parce qu'il s'interrompt et me guide comme si de rien n'était vers un gros tronc d'arbre sur lequel nous nous asseyons.

— C'est quoi, cet endroit ?

— Je ne sais pas. Je suis tombé dessus par hasard en me baladant l'autre jour.

On dirait une sorte de cabane naturelle. Quelques arbres malmenés par les intempéries ou le poids de la neige se sont affaissés les uns sur les autres, créant un abri de verdure. Les rayons du soleil filtrent à travers cette toiture végétale improvisée, lui conférant une lumière magique, presque irréelle.

— C'est beau.

— Et c'est calme. Si on se tait, on n'entend rien d'autre que le bruit de nos respirations.

Alors nous nous taisons. Il me prend la main. J'espère qu'il ne sent pas mon pouls hors de contrôle, ce serait la honte. Il a raison, aucun son ne parvient jusqu'à nous. Sa main n'a pas lâché la mienne. Pendant combien de temps restons-nous ainsi ? Je n'en ai aucune idée. Je voudrais que ça ne se termine jamais.

— Tu veux que je te chante ma nouvelle chanson ? finit-il par proposer doucement.

— Avec plaisir.

Il ouvre la housse de sa guitare, en sort l'instrument et commence à gratter les cordes. Je ferme les yeux. Sa voix résonne en moi, me fait vibrer. Il chante le désespoir, l'amour brisé, les rêves envolés. C'est triste mais très beau. Lorsque les dernières notes s'envolent, je pose ma tête sur son épaule, en silence. Sur un arbre, en face de nous, un écureuil pointe le bout de son nez, hésite, avant de descendre à toute vitesse le long du tronc et de filer sur un sentier.

— L'autre jour… quand tu m'as parlé de ta mère, je n'ai pas su trop quoi dire, je suis désolé. Ça doit pas être facile pour toi.

— Non.

— Tu as eu de ses nouvelles, depuis la dernière fois ?

— Je lui ai écrit une lettre. Je ne sais pas trop ce qu'elle a le droit de faire ou non.

— Tu voudrais aller la voir ?

— Je ne sais pas. La prison… Ça me fait peur. Je ne sais pas. Oui, j'irai peut-être, à un moment.

— Je t'accompagnerai. Enfin… si tu veux.

— Tu ne vis même pas ici.

— Mon grand-père, oui. Je n'aurai qu'à dire que j'ai envie de le voir.

— Tu lui as dit que tu allais chanter, ce soir ? je lui demande, histoire de changer de sujet.

— Surtout pas ! Je sais qu'il m'en empêcherait. Il est comme mon père. Il pense que c'est une perte de temps. Que les musiciens sont tous des drogués qui finissent en taule. Pardon, se reprend-il aussitôt, je n'aurais pas dû dire ça. C'était con. Désolé.

— Ma mère a eu un copain qui était soi-disant guitariste. Il jouait souvent le même morceau, *Summertime*. C'est une berceuse dans une comédie musicale. Elle a été chantée par Janis Joplin dans les années soixante-dix. En principe, je n'avais pas le droit de me lever de mon lit quand elle avait des copains, mais lorsqu'il entonnait cet air, je ne pouvais pas résister. Je me cachais et je l'écoutais chanter. Il n'est pas resté longtemps. Un jour, il a pris ses affaires et il est parti. Ma mère n'a plus jamais écouté cette chanson. Quand il m'arrivait d'en fredonner quelques paroles, sans faire exprès, elle entrait dans des colères noires. Elle l'aimait vraiment, ce guitariste, je crois. Il s'appelait Arnaud, il me semble. C'est nul, tu devrais avoir le droit de pratiquer la musique si c'est ce que tu as envie de faire. Peut-être qu'en t'entendant ce soir, ton grand-père changera d'avis ?

— On peut toujours rêver, soupire Archie.

— 21 —

24 décembre – L'heure d'aller danser au bal des lutins

Vêtues de nos robes confectionnées par Maddie, que nous sommes parvenues à enfiler grâce à je ne sais quel miracle, compte tenu du repas que nous venons d'avaler, nous attendons nos cavaliers dans le salon. Je ne cesse d'admirer Hélène, superbe dans son fourreau de velours noir. Elle est belle. Sans avoir besoin de beaucoup d'artifices, ni d'une tonne de maquillage, elle est simplement belle. Je voudrais avoir sa classe à cet âge.

Au cours du repas, aucun d'entre nous n'a évoqué l'usine, ni notre échec quasi assuré de réunir la somme demandée par Romuald de Wassa. C'est comme si nous nous étions tacitement entendus pour ne pas plomber le réveillon. La morosité n'ayant aucune valeur marchande, elle ne nous serait de toute façon d'aucune utilité.

— Vous êtes magnifiques, mesdames ! nous complimente Étienne avec emphase en entrant dans la maison. Votre carrosse est avancé.

Il accompagne cette annonce d'une petite révérence qui fait sourire Hélène.

Un carrosse, certes, mais avec tout le confort nécessaire et des amortisseurs dignes de ce nom. Une limousine en fait. C'est un rêve de gosse qu'Étienne a choisi de réaliser cette année. Louer une limousine, le temps d'une soirée. Même si elle aura moins de deux kilomètres à parcourir et qu'accessoirement en y allant à pied, on serait arrivés au bal plus tôt, rapport à la taille nécessaire pour parquer ce monstre d'acier.

— Tu sais ce qu'on dit, me murmure Maddie au creux de l'oreille, longue voiture, petite b… C'est pour compenser quelque chose, tu crois ?

— Vu l'air épanoui de ta mère, je ne sais pas si elle est petite, mais en tout cas, il doit savoir s'en servir.

— Pauline ! Je suis choquée ! s'esclaffe-t-elle. Au fait, les filles, vous aviez raison l'autre jour, par rapport à Ludo. Je ne parle plus ni de bébé, ni de grossesse, je ne sollicite plus ses faveurs reproductrices. Eh bien cette nuit, il s'est littéralement jeté sur moi. Trois fois.

* * *

Les rambardes de l'immense kiosque ouvert qui accueille le bal sont habillées d'une multitude d'ampoules lumineuses. Les traditionnelles guirlandes de pop-corn, admises après leur passage – obligatoire – devant la confrérie, sont tendues au-dessus de la piste de danse. Comme il existe une confrérie des mangeurs de pâté de lapin en morceaux de l'Artois[1], il existe à Santa-les-Deux-Sapins l'unique confrérie au monde de la guirlande de pop-corn. Son rôle consiste à valider les guirlandes en les faisant passer dans une sorte de court tuyau. Si un des grains ne passe pas, c'est toute la guirlande qui est refoulée et termine en dégustation. La honte ultime pour une guirlande de pop-corn. On ne rigole pas, ici. Le pop-corn, c'est une

1. En Artois, précisément. C'est très important. Parce qu'en Ardèche, ça change tout.

affaire sérieuse. Le titre de membre se transmet de père en fils, de la manière la plus archaïque et sexiste qui soit.

— Au fait, tu ne connais pas la dernière ? Maman a réussi à faire abroger leurs statuts par le conseil municipal. Désormais, les nouveaux titulaires seront désignés à la suite d'un vote pour un mandat de cinq ans, sans considération de sexe. Hommes et femmes confondus peuvent donc aspirer à en faire partie.

— Tu ne m'avais pas dit que de toute façon, les derniers membres encore en vie n'avaient eu que des filles ?

— Si. Mais pour le principe, ils disent à qui veut l'entendre que cette décision leur a été imposée et qu'il ne faudra pas venir s'étonner quand le monde s'écroulera parce qu'il aura été laissé au sexe faible, et blablabla…

— Misogyne, le pop-corn !

— Non, tu crois ?

J'ai une affection particulière pour ce bal. C'est lors de cette soirée, il y a quatre ans, que j'ai compris que j'étais amoureuse de David. Nous venions de danser une valse, je l'avais terminée les jambes en coton et le cœur en guimauve. Pour la première fois, je m'étais dit que nous pouvions peut-être transformer cette histoire de faux couple en une réalité. Après tout, il était célibataire et moi aussi. Et il était archicanon.

— Madame, m'accorderiez-vous cette danse ? demande-t-il derrière moi en déposant un baiser furtif dans mon cou.

Je frissonne de plaisir.

— Avec joie, monsieur.

Je me retourne, mes yeux plongent dans les siens et la magie opère, comme toujours. Il s'approche de moi, passe un bras dans mon dos et attrape ma main droite. Nous ne nous lâchons pas du regard. Nos mouvements sont d'abord mesurés, puis de plus en plus amples. Enfin, nous valsons tout autour de la piste. Moi qui ne sais pas danser, moi qui suis capable de m'emmêler les pieds rien qu'en marchant, j'oublie tout. Rien ne compte d'autre qu'être dans les bras de David, ici et maintenant. Lorsque la musique s'arrête, je suis à bout de souffle, mon cœur bat la chamade. Il se penche vers moi, relève mon menton et m'embrasse langoureusement. Un de ces baisers qui renvoient au vestiaire Brad Pitt, Johnny Depp, Matt Damon et Leonardo Di Caprio réunis.

— Tu es superbe dans cette robe.

— Je pense que Maddie s'est légèrement trompée dans les mesures, ça déborde un peu.

— J'aime quand ça déborde…

Et si on quittait le bal ? Comment ça, on vient d'arriver ? Arf…

* * *

La Santa-Claurale s'apprête à entrer en scène. Je ne suis pas peu fière de reconnaître quelques têtes au sein de la troupe, des personnes que j'ai choisies il y a deux ans quand Hélène m'a demandé de me charger de la constitution de cette chorale, pour le concours international du plus beau village de Noël. Lors de la sélection pour le titre, les choristes avaient donné une représentation mémorable qui les avait bluffés. Normal, je leur ai tout appris. Même si nous n'avons pas remporté le concours, pour une sombre histoire de Père Noël de cinquante mètres de haut et dix mètres de large, visible de la station spatiale internationale[1], je reste très fière de leur prestation.

Leur répertoire est assez varié et éclectique : *Let it Snow ! Let it Snow ! Let it Snow !* ; *Here comes Santa Claus* ; *Santa Claus is Coming to Town* ; *Feliz Navidad*… Mais leur tube

1. Il se trouve à Claus-City, en Alaska, pour ceux qui se le demandent.

restera à jamais *La Fille du Père Noël.* C'est d'ailleurs avec ce morceau qu'elles ouvrent leur set, déclenchant aussitôt une hystérie collective. Bon, peut-être pas une hystérie collective… Mais des applaudissements nourris, de Maddie ainsi que de ma part. Avant d'être mille, il faut bien commencer par être deux.

C'est Maddie qui leur a confectionné leurs costumes de scène, des combinaisons en velours rouge avec des bandes de fourrure blanche autour du col, des poignets et des chevilles. Emmy, la gamine qui avait auditionné sur *Une souris verte*, est désormais une belle jeune fille avec un costume repris au niveau des épaules pour qu'il soit plus dénudé. On a l'impression qu'elle a pris cinq ans en deux ans. C'est drôle comme, très vite, cette formule mathématique n'est plus du tout à notre goût.

Lise est blottie dans les bras de Donovan. Étienne continue de faire valser Hélène sur la piste de danse, alors même qu'il n'y a plus de musique puisque la Santa Claurale vient de terminer son show. Et Jade est sur scène en train d'aider un garçon à brancher sa guitare.

Hein ?

— Maddie ! Regarde, Jade est sur scène. C'est qui, ce gamin, avec elle ?

— Ce n'est pas le petit-fils de la Craquotte ? Il me semble qu'il était là lors de cette mémorable dégustation.

— Oui, tu as raison, je crois que c'est lui. Mais comment ça se fait qu'il connaisse Jade ?

Étienne et Hélène, sans doute curieux eux aussi, nous ont rejoints.

— Tu savais que ta nièce connaissait le petit-fils de la Craqu… de monsieur de Wassa, se reprend Maddie avant que sa mère le fasse.

— Non. Il est où d'ailleurs ?

— Là-bas, nous indique Hélène en montrant un homme gesticulant sur sa chaise, le visage furibond.

Il s'efforce tant bien que mal d'attirer l'attention de son petit-fils, mais sans succès. Les deux adolescents sont concentrés sur leur tâche et prennent bien soin de ne regarder personne, et surtout pas dans sa direction.

Je devine qu'il n'y a donc là rien d'autorisé, ni d'annoncé, ce qui nous promet une histoire à raconter au coin du feu pendant quelques années.

— Il est un peu gonflé de se pointer ici, s'offusque Maddie. Il vient se repaître de sa victoire à venir, c'est ça ? J'espère qu'on lui a fait payer l'entrée quatre fois le prix.

— C'est le réveillon de Noël, peut-être qu'il se sentait seul, loin du reste de sa famille, lui rétorque Hélène.

Jade descend de la scène, mais reste tout près du garçon qui n'en mène pas large. Il lui jette un coup d'œil furtif, auquel elle répond par un air déterminé et des poings serrés.

C'est alors qu'il relève la tête, se tourne vers nous, prend une grande inspiration et commence à gratter les cordes de sa guitare. Le silence s'installe, nous sommes bercés par les notes de la ballade. Puis il ouvre la bouche et se met à chanter, d'une voix sensuelle, surprenante. On devine le stress à quelques tremblements, mais très vite, il gagne en assurance. Son talent est indéniable. Le gamin occupe l'espace avec aisance. Il interprète un morceau que je ne connais pas mais que je finis par fredonner.

D'un coup de coude, j'attire l'attention de Maddie sur Jade qui se tient toujours à côté de la scène, un immense sourire aux lèvres, subjuguée. Elle ne quitte pas son ami des yeux. Comme si, grâce à elle, il s'enracinait dans le sol.

Combien de temps chante-t-il ? Difficile à dire. Vingt minutes, une demi-heure… Le garçon aurait pu ne jamais s'arrêter, tant le public lui était acquis.

Quand il fait vibrer son dernier accord et qu'il se lève du tabouret sur lequel il a fini par s'asseoir, c'est l'ovation. Les gens applaudissent à tout rompre ce gamin dont ils ne connaissent probablement pas le nom. Légèrement crispé, il salue, puis se dépêche de descendre de scène pour rejoindre Jade. Rien n'indique qu'il est heureux. C'est étrange.

Nous nous empressons de saluer l'artiste.

— Jeune homme, vous avez une voix extraordinaire ! Vous devriez participer à cette émission avec ce type qui tient ses lunettes comme une loupe devant son œil pour regarder à travers. Comment il s'appelle ce chanteur, déjà ?

— Marc Lavoine, maman.

— Oui, c'est ça. Marc Lavoine ! Eh bien, je suis sûre que vous auriez toutes vos chances dans cette émission.

— Je vous présente Archie, nous dit Jade. C'est un ami. Je l'ai convaincu de participer au bal ce soir parce que je suis sûre qu'il va devenir une super star. J'espère que vous ne m'en voulez pas ? demande-t-elle, inquiète, à Étienne.

— Pourquoi est-ce que nous t'en voudrions ? C'était un réel plaisir de l'entendre chanter. Est-ce que c'est quelque chose que vous faites depuis longtemps ? demande-t-il au jeune homme. Vous vous produisez sur des scènes régulièrement ?

— Non. À vrai dire, je n'ai pas vraiment…

— Archibald !

Le ton est sec. La voix cassante.

Romuald de Wassa se tient derrière nous, raide comme un pylône de téléski.

— Bonsoir, Romuald, l'accueille Hélène. Nous étions en train de dire à ton petit-fils à quel point il avait du talent. S'il le souhaite, il peut revenir chaque année nous enchanter avec sa voix. Nous pourrions même lui faire un contrat pour rémunérer sa prestation, s'emballe-t-elle. Quel âge a-t-il ?

Un sourire éclaire le visage d'Archie, fier qu'on puisse vouloir l'embaucher officiellement, mais cela ne dure pas. Face à son grand-père, silencieux, il finit par baisser les yeux.

— Nous allons rentrer, annonce Romuald de Wassa sans daigner répondre à Hélène. Je vous souhaite une bonne fin de réveillon.

Il tourne les talons et Archie lui emboîte le pas. Le grand-père n'a même pas besoin de s'assurer que son petit-fils est dans son sillage. Apparemment, quand la Craquotte est en colère, ça ne discute pas et ça file tout droit chez les mottes de beurre.

Jade fait mine de les suivre mais Étienne l'en dissuade.

— Je crois qu'il est préférable de les laisser.

— Il savait que son grand-père réagirait comme ça. Dans sa famille, on considère que chanteur, ça n'est pas un métier. Son père veut qu'il devienne homme d'affaires. C'est pour ça qu'il l'a envoyé ici avec son grand-père, pour que Romuald le remette dans le droit chemin. Je l'ai convaincu qu'il devait suivre son cœur et faire ce qui comptait pour lui… Vous pensez qu'il va avoir des problèmes à cause de moi ? murmure-t-elle d'une voix mal assurée, au bord des larmes.

— Tu ne l'as pas contraint à chanter, il a pris la décision de le faire. Tu n'as rien à te reprocher.

— Je l'y ai quand même encouragé…

— C'est ça, tu l'as encouragé, intervient Maddie, ce que sa famille devrait faire aussi. Et tu as bien eu raison.

Il est très doué. C'est une évidence qu'il a ce qu'il faut pour percer.

Une évidence qui n'a pas sauté aux yeux de son grand-père, hélas. Nous les regardons s'éloigner. Le vieil homme n'a pas accordé un regard à l'adolescent qui le suit, cinq pas derrière, la tête rentrée dans les épaules.

— 22 —

25 décembre – Beaucoup, mais alors beaucoup trop tôt

Pour plus de praticité, Hélène a préparé hier toutes les chambres du chalet pour que chacun de ses enfants y passe la nuit et soit présent pour la traditionnelle ouverture des cadeaux du 25 au matin.

Ce qu'elle a oublié, c'est que la praticité implique, à 6 h 12, d'être réveillée par une enfant bondissante de quinze kilos sur son lit.

— Tata Baleine, tata Baleine, le Père Noël il est passé !! Lève-toi, tata Baleine. Et toi aussi, tonton ! Viendez voir le sapin ! Y a tout plein de cadeaux !

Enfant bondissante de quinze kilos, surexcitée, aussitôt accompagnée par un canidé bondissant et baveux de cinquante kilos, encore plus excité, mettant à rude épreuve les lattes du sommier. Pour parfaire le tout, et informer le monde de la vie terrible qu'elle mène, Cléopâtre miaule son désespoir à qui veut l'entendre.

Joyeux Noël…

Par solidarité avec nos lombaires, nous nous levons tant bien que mal et suivons la Grinchette qui de toute façon nous tire par la main jusqu'au salon où nous attend déjà, paupières lourdes et valises sous les yeux, le reste de la famille.

Seule Hélène, évidemment, semble fraîche comme la rosée. Elle s'affaire en cuisine pour nous concocter le meilleur petit déjeuner de Noël, nous dit-elle. Ce qui devrait me mettre en joie, mais ce matin me soulève le cœur. Le manque de sommeil, décidément, quelle plaie !

Samantha est assise au pied du sapin, devant ses cadeaux. Enfin, devant sa montagne de cadeaux, pour être plus juste. Il y en a partout. Trop, diraient peut-être les mauvaises langues. Pourtant le bonheur qui irradie de la petite fille les vaut bien.

Nous avions émis l'idée de nous contenter de gâter les enfants cette année, donc uniquement Samantha, mais Hélène a refusé tout net. Noël, ce n'est pas que pour les enfants, Noël c'est pour tout le monde, pour faire plaisir à ceux qu'on aime. « Je veux que chacun ait quelque chose à déballer et s'en réjouisse », avait-elle argumenté. Nous avions capitulé. Résultat, il y a des petits paquets pour tout le monde et il ne nous faut pas longtemps pour retrouver notre âme de gosse, à essayer de deviner ce qu'ils contiennent en les secouant. Comme si quelqu'un avait déjà identifié un cadeau bien emballé en l'agitant…

Samantha enchaîne les déballages, s'émerveillant chaque fois un peu plus de ce qu'elle découvre. Une mini-cuisine en bois pour jouer à la dînette, une poupée multifonctions qui pleure, rit, marche et fait sans doute tout un tas d'autres trucs, un déguisement de Spiderman, des jeux de société…

— Celui-là, il est pour toi, Jade, dit Maddie en tendant un paquet à l'adolescente.

— Pour moi ? Mais… Comment ?

— C'est moi ! lance joyeusement Samantha. Je l'ai dit au Papa Noël en allant faire dodo. Qu'il fallait pas qu'il se crompe. Que tu étais dans une nouvelle maison. Je lui ai dit tout plein de fois pour pas qu'il oublie.

Maddie dépose un baiser sur le crâne de sa fille.

— Voilà l'explication, répond-elle à Jade avec un clin d'œil.

La jeune fille déballe avec précaution son paquet. Il contient une magnifique robe noire en lainage.

— Elle est belle… Merci beaucoup. Il ne fallait pas…

— C'est au Père Noël qu'il faut dire merci. Maman, elle fait rien que poster la lettre pour dire ce qu'on veut. Et tous les jouets dans les magasins, c'est pour les enfants pas sages, pour qu'ils aient quand même des cadeaux. Mais ceux-là, ils sont achetés par les parents, explique très sérieusement Samantha. Hein, c'est vrai, maman ?

— Oui, ma chérie.

— Moi, je suis crès sage. C'est le Papa Noël qui m'apporte tous les cadeaux, ajoute-t-elle avant de retourner à son déballage.

— Celui-là, il est aussi pour toi, dis-je à Jade en déposant un nouveau paquet sur ses genoux. Le Père Noël s'est sûrement trompé, il l'a mis dans notre chambre, ajouté-je à l'intention de Samantha.

Précaution superflue, la petite fille est accaparée par l'observation d'un avion Playmobil qu'elle vient de sortir de sa boîte.

— Oh, mais… Je n'ai rien… moi.

— C'est moi qui te dois des excuses, intervient Étienne. J'aurais dû te proposer d'aller faire du shopping de Noël… Je n'ai pas l'habitude, pardon. Si tu veux, on se rattrapera en faisant des cadeaux de nouvel an ?

Jade sourit et déballe notre présent à David et moi. Une paire de Doc Martens violette.

— C'est pour égayer un peu la robe noire, expliqué-je. J'avais les mêmes à ton âge. Mes orteils m'ont maudite mais elles en valaient la peine.

— Je les adore ! Merci beaucoup.

Ce qui est bien avec les cadeaux, c'est que le plaisir de celui qui les reçoit vaut cadeau en soi pour celui qui les offre.

— Le petit déjeuner est servi ! nous indique Hélène. Venez vite manger avant que ça refroidisse.

* * *

Affalés sur le canapé, les jambes entassées les unes sur les autres, nous savourons ce début de journée de Noël comme il se doit : le ventre plein à craquer. À nos pieds, Samantha a décidé qu'elle devait jouer avec chacun de ses cadeaux, mais cinq minutes seulement.

— Les autres sont cristes si jamais je joue pas avec eux, nous explique-t-elle pour justifier ce rythme vertigineux.

D'ici à ce qu'un petit cheval de la boîte de jeux se retrouve dans la casserole de la dînette, il n'y a pas des kilomètres. Même pas des mètres…

Quelques coups de sonnette nous sortent de la vague de somnolence qui était en train de nous engloutir. Qui cela peut-il bien être, un 25 décembre, alors qu'il ne manque personne à l'appel ?

Circonspecte, Hélène se dirige vers la porte d'entrée.

— Romuald ?

— Bonjour, Hélène. Est-ce que je peux entrer ?

— Euh… Oui, oui, bien sûr, bredouille-t-elle en s'écartant pour le laisser passer.

Comment ça « Oui, oui, bien sûr » ? Faire entrer ce type, c'est comme si on ouvrait la porte d'un poulailler à un renard. Proposons-lui de la brioche tant qu'on y est !

— Assieds-toi, tu veux boire quelque chose ? Café, chocolat, thé ? Est-ce que tu veux une part de brioche ? Elle sort tout juste du four.

Ben voyons…

— Un café, ce sera très bien, merci.

Il prend place sur un bout de canapé libre de pieds, fesses, papiers cadeaux et autres boîtes de jeux. Hélène lui tend un mug fumant dont il avale une gorgée.

— Vous devez vous demander ce que je fais là…

Non, du tout. Loin de nous cette interrogation. Et donc, que faites-vous là ?

— C'est Archibald, mon petit-fils, poursuit-il. Il a disparu.

— Archie ? réagit aussitôt Jade. Comment ça, il a disparu ?

— Lorsque nous sommes rentrés du bal hier soir, il s'est enfermé dans sa chambre. J'étais furieux, alors j'ai attendu d'être plus calme pour monter le voir et avoir une discussion avec lui. Quand j'ai frappé à sa porte, il n'a pas répondu. J'ai insisté et j'ai fini par entrer de force. Son lit n'était pas défait, la fenêtre était grande ouverte. Il était parti. Il ne répond pas sur son portable, je… je ne sais pas par où commencer les recherches. Je me suis dit que peut-être… il était venu ici, pour te voir, ajoute-t-il en se tournant vers Jade. J'ai cru comprendre hier soir que vous étiez amis.

— Oui, c'est le cas. Et c'est à cause de vous qu'il s'est enfui, l'accuse-t-elle, les yeux pleins de larmes.

— Je n'ai aucune leçon à recevoir de ta part, jeune fille. Si tu ne lui avais pas mis ces fadaises en tête, nous n'en serions pas là aujourd'hui.

— Je ne vous permets pas de parler à ma fille sur ce ton, intervient Maddie. Euh… Je veux dire, à Jade… comme vous venez de le faire. Elle n'est responsable de rien du tout.

— Je pensais que si vous l'entendiez… vous comprendriez. Mais lui, il savait que ça ne changerait rien.

Que son bonheur ne comptait pas pour vous. Tout ce qui vous importe, c'est de faire des affaires, de racheter des usines, de détruire des emplois, des vies. Mais Archie, lui, il est pas comme ça. C'est un artiste. Il est… gentil. Et il a beaucoup de talent. Quand il chante dans la forêt, même la nature s'arrête pour l'écouter. Vous êtes sa famille, et une famille c'est fait pour encourager, pour soutenir. Au lieu de ça, vous… vous le brisez. Vous lui refusez d'être celui qu'il a envie d'être. Si j'étais à sa place, j'aurais fait comme lui. Je serais partie. Mieux vaut être seule plutôt qu'avoir une famille qui n'en a rien à fiche de vous ! conclut-elle, les joues barbouillées de larmes.

— Méchant monsieur ! ajoute Samantha. Vous êtes un crès méchant monsieur. Et ma sœur, elle va vous lancer des sorts de sorcière. Hein, Jade, tu vas lui lancer des sorts ? demande-t-elle en se blottissant contre ses jambes.

Les épaules de Romuald s'affaissent. Il accuse le coup. Et par-dessus tout, il est inquiet. Ça se lit sur son visage crispé. Cela fait des heures qu'il est sans nouvelles d'Archie. La température doit descendre en dessous des moins 10 degrés la nuit. S'il n'a pas trouvé refuge ici, où peut-il bien être ?

— Nous allons t'aider à le chercher, affirme Hélène sans hésiter. Il ne doit pas être bien loin. Jade, tu n'as pas une idée de l'endroit où il aurait pu aller se cacher ?

L'adolescente semble hésiter. Elle jette des regards furieux à Romuald de Wassa.

— Jade, si tu sais quelque chose, si tu as la moindre idée de l'endroit où il pourrait se trouver, tu dois nous le dire, intervient Étienne. Avec ce froid dehors, il pourrait être en danger…

— Je… je sais peut-être où il a pu aller, dit-elle à voix basse et visiblement à contrecœur. Mais je refuse que monsieur de Wassa vienne. S'il nous accompagne, je ne dirai rien.

— D'accord, d'accord, j'attendrai ici. Tout ce qui compte, c'est qu'on retrouve mon petit-fils.

— 23 —

JADE

Il a été décidé que seuls Étienne, David et Donovan partiraient avec moi à la recherche d'Archie. Ils ont été secouristes et connaissent très bien la forêt. M. de Wassa est rentré chez lui, finalement – au cas où son petit-fils reviendrait –, contre la promesse d'être appelé dès qu'on aurait du nouveau. Je déteste ce type plus que tout. Comment n'a-t-il pas vu que son avis comptait beaucoup pour Archie ?

— Alors, dis-nous, où penses-tu qu'il ait pu aller ? me demande David.

— Hier, avant le bal des lutins, il m'a emmenée dans un endroit en plein cœur de la forêt. On a dû marcher longtemps avant d'y arriver.

— Est-ce que tu peux nous donner un détail, nous décrire quelque chose ?

— Là où on s'est arrêtés, ça faisait comme une sorte de cabane. On aurait dit que les arbres s'étaient couchés les uns à la suite des autres pour former une sorte de toit végétal. On était abrités du vent.

Donovan interroge David et Étienne du regard.

— La clairière des sapins qui pleurent ?

— C'est bien possible, oui, répond Étienne sans réussir à dissimuler une inquiétude grandissante.

Je ne peux m'empêcher de paniquer à mon tour.

— Qu'y a-t-il ? Vous faites des têtes horribles. C'est grave s'il est là-bas ?

— Avec tout ce qui est tombé cette nuit, il va nous falloir un moment pour l'atteindre. Mais ce n'est pas ce qui m'inquiète le plus, à vrai dire. Quand il y a du vent, celui-ci a tendance à pousser la neige, si bien que cette sorte de cabane que tu nous as décrite n'est plus visible, tant elle est recouverte de poudreuse. Mieux vaut nous dépêcher.

Je me dirige d'un pas rapide vers l'emplacement du banc où je l'ai rencontré la première fois. Peut-être qu'il sera là et qu'il me sautera dans les bras ?

Mais il n'y est pas.

— On a tourné vers la gauche ensuite.

Je commence à m'enfoncer dans les bois, mais la marche est rendue très difficile par la quantité de neige venue recouvrir le manteau blanc déjà abondant. Au bout d'une demi-heure d'efforts, je m'arrête, l'endroit me semble familier.

— À un moment tout était plat, comme maintenant.

— On doit être dans la zone de la clairière des sapins qui pleurent, acquiesce Étienne. Mais c'est ce que je craignais, avec ce manteau neigeux, ça ne va pas être facile de repérer l'entrée de la cabane formée par les sapins.

Je me mets à crier :

— Archie !

— Un rien peut déclencher une avalanche dans ces conditions, crier n'est pas une bonne idée, me dissuade David. Reste-là, nous allons le retrouver, je te le promets.

Pendant un temps qui me paraît interminable, les hommes sondent les lieux de manière minutieuse et organisée. Moi, je ne vois que du blanc, et rien que du blanc.

— Par là, nous interpelle Donovan, je crois que j'ai trouvé.

À une dizaine de mètres, un monticule de neige s'est formé et semble recouvrir quelque chose. Les trois hommes rampent sur la paroi et progressent avec précaution jusqu'à son sommet.

— Il est là ! Je le vois ! dit Étienne.

Entre soulagement et folle inquiétude, je laisse libre cours à mes larmes.

— Est-ce qu'il va bien ? sangloté-je.

— Difficile à dire. Il ne bouge pas. Il a l'air d'être sous une couette. Mais pas celle qu'il aurait fallu. David, Donovan, il va falloir creuser pour que j'aie la place d'entrer dans cette caverne. Quand j'y serai, vous me lancerez une corde pour nous remonter.

Tout se passe très vite. Forts de leurs années de secourisme, les gestes des garçons sont coordonnés et efficaces. Après avoir dégagé suffisamment de neige pour laisser à Étienne de quoi glisser son corps à l'intérieur, David s'est chargé d'attacher solidement une corde à un arbre puis, avec son frère, à la force de leurs bras, ils ont aidé Étienne à extraire Archie de cette prison blanche. C'était si beau hier, comment penser que l'endroit pouvait devenir dangereux...

— Il est inconscient. Il respire mais son pouls est faible, dit Étienne en devançant ma question.

— Qu'est-ce qu'on fait ? On appelle les secours ?

— Ils vont mettre trop de temps à arriver jusqu'à nous. On ne peut pas se le permettre. Archie doit être réchauffé au plus vite. Je vais le porter sur mon dos, attachez-le le mieux possible. David, préviens les secours que nous arrivons avec un adolescent victime d'une hypothermie sévère.

En moins de cinq minutes, Étienne se met en route, à la cadence rapide de celui qui est habitué à évoluer en forêt dans ces conditions difficiles. Donovan lui emboîte le pas. J'essaie de suivre leur rythme mais je peine. Je m'enfonce dans la poudreuse et trébuche tous les cinq mètres.

— Ne t'inquiète pas, il n'y a pas plus fiable qu'Étienne, m'assure David. Archie est en sécurité désormais. Ils n'ont pas besoin de nous, tu peux ralentir. Heureusement qu'il t'avait emmenée dans cet endroit et que tu t'en es souvenue. Jamais nous ne serions arrivés à temps s'il avait fallu parcourir la forêt à l'aveugle. Tu viens sans doute de lui sauver la vie.

Sauf si on considère que c'est à cause de moi qu'il a atterri là. Auquel cas, c'est moi qui aurais pu le tuer.

* * *

À l'hôpital, le reste de la famille nous attend dans le hall. Pendant que nous marchions dans la forêt, David a envoyé un message à Pauline pour prévenir que nous avions retrouvé Archie.

Hélène m'accueille en me serrant fort dans ses bras.

— Comment va Archie ? Vous l'avez vu ? je m'écrie, après m'être détachée de son étreinte.

— Nous n'avons pas de nouvelles. Son grand-père est arrivé en même temps que nous, il est avec les médecins en ce moment.

— Il faut que je le voie, il faut que je sache qu'il va bien. S'il vous plaît… supplié-je alors que j'aperçois Romuald de Wassa qui se dirige vers nous.

— Les médecins disent qu'il va s'en sortir. Il est hors de danger. Merci, Jade, merci. Sans toi, je ne sais pas…

— Je veux le voir.

— Je suis désolé, mais les médecins ont dit qu'il avait besoin de beaucoup de repos. Par ailleurs, ils lui ont administré un sédatif pour limiter les douleurs dues aux engelures. Quand il se réveillera, je lui dirai que tu es passée.

— Vous le promettez ?

— Je te le promets. Et je vous donnerai de ses nouvelles demain, lors de notre réunion à la mairie.

Maddie fronce les sourcils.

— Comment ça, quelle réunion ?

— La réunion prévue pour sceller le sort de l'usine. Vous ne pensiez pas que tout ça allait changer quelque chose ? Si c'est le cas, veuillez m'excuser, mais j'ai une règle d'or, je ne mélange jamais le privé et le professionnel. Je vous suis infiniment reconnaissant pour le premier, nous nous verrons demain pour le second.

Il tourne les talons et nous laisse là.

* * *

De retour au chalet, je n'ai le cœur à rien. Hélène a proposé que nous fassions une partie de Trivial Pursuit, j'ai prétexté un mal de tête et un besoin d'air frais pour pouvoir m'isoler sur la terrasse.

— Ça va ? me demande Maddie en s'asseyant sur la deuxième chaise longue à côté de la mienne. Je t'ai ramené ça pour que tu ne prennes pas froid. Nous avons assez d'une hypothermie pour aujourd'hui.

Elle me tend un plaid que je rajoute sur mes jambes, en plus de la couverture qui recouvrait déjà mes épaules.

— J'aurais mieux fait d'aller dans un foyer d'accueil, murmuré-je.

— Pourquoi dis-tu ça ?

— Sans moi, Archie ne serait pas à l'hôpital. Il a failli mourir.

Je me mets de nouveau à pleurer. Maddie se lève, vient s'agenouiller à côté de moi. Elle me prend dans ses bras et commence à me bercer.

— Tout doux, ma beauté. Tu n'es pas responsable de quoi que ce soit. Si ton ami Archie n'avait pas un grand-père buté, rien de tout cela ne serait arrivé. S'il avait un grand-père qui s'intéressait à lui, il n'aurait jamais eu besoin d'en venir à une telle extrémité. Sache que nous sommes ravis que tu sois parmi nous. Et Samantha, encore plus que les autres.

Elle me tend un mouchoir. Je le prends pour tamponner mes yeux.

— Je voulais te dire… Pour ce matin. Je ne sais pas ce qui m'a pris de dire que tu étais ma fille. Je te présente mes excuses. Je n'ai pas aimé comment l'autre vieille biscotte te parlait, ça m'a fait sortir de mes gonds. Je sais très bien que tu as une maman, et que tu la retrouveras tôt ou tard. Je ne voulais pas la juger en disant cela, ni te faire de la peine.

— C'était la première fois que quelqu'un prenait ma défense… Merci. C'était gentil.

— Tu ne m'en veux pas, alors ?

— Non.

— Merci. Et pour Archie, ne t'inquiète pas. Je suis certaine que tout va s'arranger. Son grand-père a eu très peur, et en général, une telle frayeur, ça fait réfléchir. Et puis, c'est Noël ! S'il y a bien une journée où tout est possible, c'est aujourd'hui.

J'aimerais tellement qu'elle ait raison.

— 24 —

26 décembre – Après une bonne nuit de sommeil… enfin, de sommeil…

Je ne sais pas si c'est l'air de Santa-les-Deux-Sapins, l'effet jour de Noël ou le trop-plein d'émotions, mais David et moi avons passé la nuit grimpés l'un sur l'autre. Emboîtés l'un dans l'autre, devrais-je dire…

Fourbue, mais repue, je me lève tout doucement, pour ne pas le réveiller, lui qui dort du sommeil du juste. Rien qu'à regarder son torse se soulever au gré de sa respiration, mon désir flambe. Il faudra que je demande à Hélène si elle n'a pas fait tomber un pot d'aphrodisiaque par mégarde en préparant la sauce de son chapon.

— Wow, tu sens le sexe à plein nez, m'accueille Maddie, déjà installée dans la cuisine, devant une pleine assiette d'œufs au bacon. Et comme, hélas, c'est un sexe que tu pratiques avec mon frère, je ne peux même pas bénéficier des détails croustillants. Une meilleure amie belle-sœur, c'est nul.

— C'est toi, aussi ! Si tu ne t'étais pas trompée dans les mesures de ma robe, David n'aurait pas eu ma poitrine débordante sous le nez pendant toute la soirée au bal.

— Hé, ho, retire tout de suite ce que tu viens de dire. Je suis une grande couturière. Je ne me trompe jamais dans les mesures. Jamais. Les tiennes sont dans mon carnet depuis le premier jour où je les ai prises. Jusque-là, tu n'as jamais eu de problème de décolleté.

— Il n'y a pas trente-six explications. Soit tu t'es trompée dans les mesures en confectionnant cette robe, soit ma poitrine a doublé de volume. Sans vouloir te manquer de respect, les poitrines ça ne double pas de volume en un claquement de doigts. Donc…

— … tu es enceinte, affirme-t-elle.

— … tu t'es trompée dans les mesures. Hein ? Comment ça, je suis enceinte ?

— Tu l'as dit toi-même, il n'y a pas trente-six explications pour qu'une poitrine double de volume. Et comme je suis sûre de mes mesures, ça veut dire que tu es enceinte. C'est tellement évident, quand on y pense. Tu es souvent barbouillée au réveil…

— C'est parce que je manque de sommeil.

— Tu es hyper émotive…

— Pardon d'avoir un cœur qui bat sous cette poitrine qui n'a pas doublé de volume.

— Hier, tu avais les larmes aux yeux quand Donovan a dit qu'il venait de finir la dernière bouteille de jus d'orange.

— Oui, eh bien, j'avais de la peine pour ceux d'entre nous qui en boivent au petit déjeuner. Ça s'appelle de l'empathie.

— Ça s'appelle être enceinte.

Non. Impossible. Je ne suis pas enceinte. Depuis mes quinze ans, je suis réglée comme du papier à musique. Je n'ai jamais à me poser de question. Un cycle de 27 jours. C'est toujours 27 jours. Depuis presque vingt ans. Donc la dernière fois, c'était aux alentours du 20 novembre, j'étais en pleine préparation du comité stratégique de la maison d'édition. Je fais un rapide calcul dans ma tête… C'était il y a 35 jours.

— Et merde…

— Qu'est-ce que je disais ! Remettre en doute mes qualités de couturière, je te jure. Tiens, prends un peu de mon omelette, les œufs, c'est excellent pour les femmes enceintes.

Elle rit.

Et moi…

— Je suis enceinte ?

— Je peux me tromper, mais tu en as tous les signes.

— C'est-à-dire que ce n'est pas du tout ce qui était prévu au programme. Je ne déteste pas les enfants, entendons-nous bien. Je suis gaga de ta fille par exemple, mais…

— Les programmes, ça va, ça vient, c'est ce qui fait le sel de la vie. Regarde Jade. Nous ignorions son existence même il y a une semaine, et maintenant, elle va venir vivre chez nous, et je m'en réjouis.

— Ça fait quoi d'être… maman ? bredouillé-je, sous le choc de m'entendre poser cette question.

— On a l'impression de jamais faire ce qu'il faudrait, on crève de peur qu'il leur arrive quelque chose, on culpabilise pour tout, tout le temps… C'est génial, tu vas adorer !

* * *

Dans la salle de réunion du conseil municipal, pleine à craquer, Romuald de Wassa se tient assis au bout d'une longue table en bois sculptée, avec les yeux cernés de quelqu'un qui n'a pas dormi de la nuit.

— Comment va Archibald ? demande d'abord Hélène, avant d'entrer dans le vif du sujet.

— Il va bien. Les médecins ont dit qu'il se remettrait. Il n'a que de légères engelures, au final. Ils le gardent aujourd'hui par précaution mais il devrait pouvoir sortir dès demain. Pour le reste… il refuse toujours de me parler.

Je l'ai déçu. Je… J'ai beaucoup réfléchi à ce que m'a dit la jeune fille avec qui il s'est lié d'amitié.

— Jade, elle s'appelle Jade.

— J'ai beaucoup pensé à ce que m'a dit Jade, se reprend-il en bougonnant. Et c'est elle qui a raison. Rien ne devrait être plus important que le bonheur de ses proches. Archibald s'illumine quand il chante. J'étais là, je l'ai vu. Mon rôle devrait être de le soutenir et de l'encourager. C'est ce que font les familles. Tout ça me donne le sentiment que nous n'en sommes pas vraiment une, constate-t-il, affecté.

— Ton petit-fils a beaucoup de talent. C'est tout à ton honneur de reconnaître tes torts, approuve Hélène. Il n'est pas trop tard. Parle-lui avec ton cœur et je suis certaine que tout va s'arranger. Si ton avis lui était indifférent, jamais il n'aurait pris la fuite. C'est bien parce que tu comptes pour lui, qu'il a réagi ainsi.

Romuald de Wassa hoche la tête, comme s'il cherchait à se convaincre lui-même du bien-fondé de ces paroles.

— Cette nuit, j'ai tourné et retourné les derniers événements dans ma tête. J'ai pensé à Archibald, bien sûr. Et à Santa-les-Deux-Sapins. À ce que j'étais venu faire ici. Quand on s'est quittés hier, je vous ai dit que l'histoire avec Archibald ne changeait rien à notre affaire. Que je ne mélangeais pas le privé et le professionnel. Et à ce moment-là, je le pensais. J'étais toujours décidé à racheter cette usine et à la transformer. La vérité, pourtant, c'est que ce n'est pas aussi simple. Bien sûr, tout a changé. J'étais encore sous le choc, incapable de voir que ce que je disais était non seulement stupide, mais faux. Une bonne insomnie, rien de tel pour remettre les idées en place. Allongé dans mon lit, après deux heures à contempler le plafond, je me suis mis à penser à mon père, à ces années de souffrance, pendant lesquelles il a dû trimer pour rebâtir sa vie. Quelque chose m'a subitement frappé. Je me suis rendu compte que jamais je ne l'avais vu en colère, en tout cas jamais contre le village. Contre lui parfois, pour ses placements hasardeux, pour sa trop grande confiance. Mais jamais contre Santa-les-Deux-Sapins. Je me suis alors demandé ce qu'il penserait de ce que je suis en train de faire…

Pleine d'espoir, Hélène pose la question qui est sur toutes les lèvres.

— Nous n'avons que 70 000 sur les 175 000 que tu demandais, mais au regard de ce que tu viens de nous dire, est-ce que ça signifie que ça pourrait te suffire ?

Il se tait pendant quelques secondes.

— Comme je te le dis, j'ai longuement réfléchi, mais au final j'ai décidé de ne pas retirer mon offre d'achat.

Et c'est la douche froide.

— Parce que cette usine, elle représentait tout pour mon père. Je ne peux donc pas passer à côté. Je lui ai fait cette promesse. J'ai peut-être tout gâché avec Archibald en tant que grand-père, je ne peux pas tout rater en tant que fils…

Un brouhaha de mécontentement commence à monter dans la grande salle de réunion.

— Je maintiens mon souhait de l'acquérir, poursuit-il dans sa lancée. En revanche, j'ai décidé d'abandonner le projet de reconversion. Je vais peut-être le regretter – cette idée de dinde aux marrons en tube, c'est du génie tout de même – mais l'usine continuera à fabriquer des boîtes à musique, nous annonce-t-il.

Une stupéfaction générale tombe sur la salle et se traduit par un silence à couper au couteau. Et puis, passé la sidération, retentissent des cris de joie et des applaudissements. Tout le monde semble soulagé. Tout le monde, sauf Hélène.

— Romuald… C'est vraiment très gentil de ta part. Cependant… Je me dois de te dire toute la vérité. À l'époque j'étais gamine, comme la plupart des gens ici, je n'aurais rien pu faire pour ton père. Ce n'était pas le cas du conseil municipal… J'ai pu avoir accès à des documents d'archives dans lesquels on retrouve leurs délibérations. Le maire s'est bien opposé au prêt que demandait ton père. Il l'a fait pour de mauvaises raisons, indéfendables aujourd'hui. C'était par pure jalousie. Je ne sais pas si nous sommes légitimes par rapport à ta nouvelle proposition. Peut-être que Santa-les-Deux-Sapins mérite son sort…

Je crois qu'une mouche a piqué Hélène. Elle n'est plus dans son état normal.

— J'apprécie ton honnêteté et j'en veux toujours aux gens de l'époque. Ils auraient pu sauver mon père, sauver son entreprise, mais ils ne l'ont pas fait. Je me doutais bien qu'il n'était pas uniquement question d'argent, c'est rarement le cas, dans les affaires. Mais les responsables, ce sont les gens d'hier. Les gens d'aujourd'hui, eux, n'ont pas hésité à interrompre leurs festivités pour parcourir les bois à la recherche de mon petit-fils. Si je maintenais mon projet, ce sont eux qui seraient punis. Je crois que mon père ne me l'aurait jamais pardonné. J'en ai eu la certitude lorsque le soleil s'est levé. Cela dit, je reste un homme d'affaires et cette usine, dans sa configuration actuelle, ne résistera pas longtemps. Il faut que vous en preniez conscience. Elle a besoin de sang neuf, et de capital. Alors, je vous propose que vous investissiez les 70 000 euros que vous avez récoltés contre une partie du capital. C'est un exploit d'avoir réuni autant d'argent en si peu de temps, il faudra que vous me disiez comment vous vous y êtes pris !

Course de chaises sur glace, mise aux enchères d'hommes défilant en string de Noël… Rien de bien original.

— Tu veux que nous devenions tes associés ?

— D'une certaine manière, oui. Quand j'en suis arrivé à cette conclusion, je me suis senti soudain allégé d'un poids. Je ne sais pas si cela suffira, mais mon père aurait voulu que je tente le coup.

— Nous acceptons ! s'exclame Hélène avec enthousiasme avant de se reprendre. Enfin, on va bien sûr soumettre cette proposition au vote du conseil et te transmettre notre réponse selon la procédure habituelle.

— Faites comme il se doit.

— Si je peux me permettre de proposer une idée, intervient soudain Jade, peut-être qu'on pourrait utiliser du matériel de récupération pour fabriquer les boîtes à musique ? La matière première coûterait moins cher, ce serait plus écologique et au bout du compte, chaque boîte serait différente et unique. Peut-être qu'on pourrait aussi réparer les boîtes à musique cassées ? Je ne suis pas une experte de Noël, mais je suis sûre que ce concept pourrait plaire.

— Très bonne suggestion ! s'enthousiasme M. de Wassa. Faisons de cette usine un symbole. Quand je vois l'énergie que tout le village a déployée pour la sauver, même si ce ne sera pas facile, je suis convaincu qu'on pourra redresser la barre ensemble. Pour fêter notre nouvelle association et le renouveau de l'usine, mais aussi Noël, ne l'oublions pas, je vous ai apporté des tubes de Tarti'Noël ! Et si on s'en tartinait des petites tranches ? Il y en aura pour tout le monde.

— Nous en serions ravis, vraiment… sauf qu'il est un peu tôt, euh… pour de la dinde aux marrons, bredouille Hélène. Il reste en revanche pas mal de cookies du bal des lutins.

— Trop tôt ? Bon, si tu le dis… Dans ce cas, le rendez-vous est pris. Nous ferons des tartines ce soir pour l'apéro !

Quelques heures de répit, c'est toujours ça de gagné.

— 25 —

JADE

Grâce à l'intervention du grand-père d'Archie, l'hôpital a accepté que je lui rende visite, mais je n'ai le droit qu'à une demi-heure.

Cela fait trois bonnes minutes que je suis devant la porte de sa chambre, sans oser frapper. Je ne peux m'empêcher de culpabiliser. Je me rappelle très bien ce qu'il m'a dit la première fois que nous nous sommes vus. Il n'aimait pas qu'on l'écoute chanter. Et moi, je l'ai poussé à le faire en public. Non seulement devant moi, mais devant tout le village réuni…

Il faut que je lui demande pardon et si jamais il ne veut plus me voir… je l'aurai mérité.

Je frappe deux coups timides sur la porte.

— Oui ?

— C'est moi, Jade, dis-je en entrouvrant à peine.

— Entre, entre ! me répond-il avec un enthousiasme que je m'imagine sûrement.

Il est assis dans son lit, le dos bien calé sur des oreillers, les mains bandées. Les larmes me montent aux yeux.

Son regard suit le mien.

— Oh, ça. C'est plus impressionnant qu'il n'y paraît. Même si pour être honnête, je ne pensais pas que de si petites engelures pouvaient faire un mal de chien.

Je m'approche de quelques pas, incapable de plus.

— Je voulais te dire… Je suis désolée pour ce qui t'est arrivé. Je sais que c'est ma faute et…

— Comment ça, ta faute ? Tu ne savais même pas que je m'étais enfui. Je ne voulais pas te prévenir parce que tu m'en aurais empêché.

— Mais c'est moi qui t'ai poussé à chanter… et devant ton grand-père en plus. En t'assurant que tout irait bien. Tu savais qu'il le prendrait mal. Je n'aurais pas dû te forcer…

— Alors, déjà, tu ne m'as forcé à rien du tout. C'est toi qui avais raison sur toute la ligne, j'étais mort de trouille et je me cachais derrière des excuses. L'autre soir, c'était… le moment le plus incroyable de ma vie. Tu sais que des gens ont filmé ma chanson et que des vidéos ont été partagées des milliers de fois sur les réseaux ? C'est dingue, non ? Viens, je te montre.

Avec maladresse, il attrape son téléphone posé sur une tablette à côté de son lit. Ses bandages lui compliquent la tâche, alors il me le tend et m'indique où chercher.

Au bout de quelques secondes, sa voix et sa guitare résonnent dans la pièce. Je me laisse à nouveau subjuguer. Il y a plusieurs vidéos comme ça. Et dessous, les commentaires s'enflamment : « Waouh !!! Mais qui c'est, ce type ? », « Quel talent, comment s'appelle ce chanteur ? », « J'en veux encore, c'était trop couuuuurt ! », « Lui, il faut qu'il fasse “The Voice”. »

— T'as vu ce que disent les gens ? Ils aiment ma chanson, c'est ouf !

— Carrément. C'est trop bien ! Et… avec ton grand-père ? demandé-je, inquiète de savoir que j'ai peut-être brisé quelque chose.

— Il était furieux, ça c'est sûr. Il a appelé mon père. Je les ai entendus parler de pension, d'école militaire…

Ça m'a rendu fou qu'ils soient là tous les deux, tranquilles, en train de discuter de mon avenir, sans moi. Sans prendre le temps d'écouter ce que j'avais à dire.

— C'est pour ça que tu as décidé de t'enfuir ?

— Oui. J'étais en colère contre eux. Je venais de vivre quelque chose de fou et ils avaient tout gâché. J'ai rassemblé quelques affaires, et pendant qu'il était au téléphone, je suis descendu lui piquer des billets dans son portefeuille. Et je suis parti. Je voulais aller à la gare et monter dans le premier train vers n'importe où. Mais il s'est mis à neiger, beaucoup, alors j'ai pensé qu'il valait mieux m'abriter le temps que ça se calme.

— Et donc, en pleine forêt ça t'a semblé malin ?

— T'es rude ! Mais oui, c'était une idée stupide… Comme les arbres formaient une sorte de cabane, je me suis dit que ça pourrait être bien. J'avais emporté une couette pour me tenir chaud au cas où. Je n'avais pas prévu qu'avec le vent, la neige finirait par tout recouvrir. Et que ça se transformerait en igloo sans issue.

— C'est ce que redoutait mon oncle quand je lui ai parlé de l'endroit.

— Il faisait tellement froid. Je le sentais jusque dans mes os. Sans trop m'en rendre compte, je me suis endormi.

— Tu as perdu connaissance, Archie ! Tu aurais pu mourir !

— Les médecins m'ont dit que j'avais eu beaucoup de chance. Quelques heures de plus et j'y passais. Je… Merci, Jade. De m'avoir sauvé la vie. Je ne voulais pas… mourir, je voulais juste me barrer d'ici. Et avoir le droit de faire ce qui me fait vibrer. J'ai été con d'aller dans cette forêt.

Nous nous taisons pendant un moment. Je n'ose imaginer ce qu'il serait arrivé si M. de Wassa n'était pas venu nous trouver.

— Et maintenant ? Il va se passer quoi ?

— Hier, on a beaucoup parlé avec mon grand-père. Il a eu la trouille de sa vie et je lui ai demandé pardon d'avoir fait ça. Je lui ai expliqué, pour la musique… Je lui ai dit que je sentais qu'il fallait que j'essaie, que je me donne toutes les chances. Et que si ça ne marchait pas, j'étais d'accord pour travailler avec lui ou avec mon père dans leurs usines.

— Ça n'a pas dû être facile.

— Non. Il ne connaît rien à ce milieu. Lui aussi, en fait, il a peur. Que je sois déçu, que je ne parvienne pas à gagner ma vie. Mais il a accepté l'idée d'une parenthèse. Reste mon père à convaincre, ça ne va pas être simple, mais mon grand-père a toujours eu beaucoup d'influence sur lui, alors… je croise les doigts.

Il soulève ses deux mains rendues géantes par les bandages et éclate de rire. Puis il m'attire à lui, et pour la deuxième fois, il m'embrasse. Est-ce que ça fait toujours le même effet ? Ou est-ce qu'on finit par ne plus sentir cette douce chaleur qui se répand dans tout le corps ?

Je suis si soulagée que j'en ai les larmes aux yeux. Archie va devenir un grand chanteur, j'en suis certaine. Et j'espère que je serai encore dans le coin quand ce sera le cas.

Je crois que pour la première fois de ma vie, je me sens chez moi. Qui aurait cru qu'un village nommé Santa-les-Deux-Sapins aurait ce pouvoir[1] ?

---

1. Nous, évidemment !

— 26 —

Quelques semaines plus tard… Dans un cabinet d'échographie parisien

Nous sommes arrivés avec un peu d'avance. Bon d'accord, beaucoup d'avance. Je n'en pouvais plus de tourner en rond dans notre appartement, alors autant avoir la jambe qui tremble ici. Sur les murs, des affiches tout à fait rassurantes : « Diabète gestationnel, ne passez pas à côté du dépistage » ; « Hypertension, signe avant-coureur de prééclampsie ? » ; « Les risques de l'hématome rétroplacentaire »…

— Et si le cœur du bébé ne bat pas ? Et si, avec ce que j'ai bu ou mangé qu'il ne fallait pas, il se retrouve avec trois jambes, ou deux têtes ? Et si on nous annonce que finalement, je ne suis pas enceinte mais que j'ai une tumeur ?

— Est-ce que tu as en stock des hypothèses positives ou bien elles sont toutes de ce genre-là ?

Je réfléchis quelques secondes.

— Elles sont toutes de ce genre-là. En même temps, regarde un peu ce qu'il y a sur les murs ! « Tout ce qui peut arriver d'horrible à votre bébé » en dix affiches A4.

— Où est passée la femme qui ne voulait pas d'enfant et qui se fichait de tout ça ?

— Elle a fait un test de grossesse qui s'est révélé positif. J'étais sincère quand je disais que les enfants ne faisaient pas partie de mes plans ni de mes envies. Une vie sans enfant m'aurait tout à fait convenu. Pour autant, des accidents de contraception, ça existe, je me suis donc parfois demandé ce que je ferais si jamais… Eh bien, je sentais au fond de moi que si cela devait se produire, je ne pourrais pas faire autrement que de garder le bébé. Je ne peux pas expliquer pourquoi, c'est comme ça. Maintenant que je suis enceinte pour de bon, j'ai donc activé le mode « flippage intégral » de tout ce qui pourrait mal se passer.

— Ça nous promet de belles semaines de sérénité et de quiétude.

— Madame Jamot ? m'appelle l'échographiste. C'est à vous.

Je me lève. Calme et détendue. Prête à apprendre le pire.

* * *

Allongée sur la table d'examen, à demi nue, je me prépare à l'étalage du gel hyper froid sur mon ventre. C'est toujours de ça que se plaignent les filles dans les films : bouhou, c'est froid.

— On va y aller tranquillement, m'indique l'échographiste, Fred de son petit nom, en s'approchant de mon intimité vaginale avec une sorte de gros truc en plastique blanc.

— Vous ne me mettez pas du gel sur le ventre ?

— Ça arrive, oui… Mais pas pour la première échographie. Pour celle-ci, on utilise une sonde endovaginale.

Une sonde endovaginale ? Euh…

— C'est gros, votre truc ! Certes pas aussi gros que ce qui devra sortir de là dans quelques mois, mais quand même.

Fred se met à rire.

— Ne vous inquiétez pas, ce ne sera pas douloureux, peut-être un peu désagréable. Prenez une grande inspiration, je vais insérer la sonde en douceur.

J'attrape la main de David avant d'inspirer le plus longtemps possible. Fred, de son côté… fait ce qu'il a à faire.

— C'est tout bon. Le plus dur est passé.

Si seulement ça pouvait être vrai. J'ai le pressentiment que faire entrer quelque chose là-dedans sera *in fine* nettement moins douloureux qu'en faire sortir… autre chose.

Fred baragouine des termes médicaux dans la barbe qu'il n'a pas, tourne la sonde à l'intérieur de mon vagin comme il raclerait un plat de purée, je me sens au mieux de mon glamour.

— Tout m'a l'air parfaitement en ordre, nous indique-t-il avec un grand sourire. Est-ce que vous voulez entendre battre les cœurs ?

— *Les* cœurs ? demande David.

— Comment ça, *les* cœurs ? Ne me dites pas qu'il a deux cœurs ? Tu vois, je t'avais dit qu'on allait découvrir un truc horrible…

— Les cœurs de vos bébés. Chacun a le sien, rassurez-vous. Je suis désolé d'avoir sauté les formules d'usage, je ne savais pas que vous l'ignoriez.

— Vous voulez dire…

— … que vous êtes enceinte de jumeaux ? Tout à fait.

Des jumeaux…

Des jumeaux…

Des jumeaux !

— David ? Des jumeaux !

Loin d'afficher l'expression paniquée de rigueur chez n'importe quel être humain normalement constitué dans ces circonstances, David me sourit. Il ne semble pas du tout paniqué, mais alors pas du tout. Il est… aux anges.

Mais… David… des jumeaux ?

Cette fois, c'est sûr, on ne va pas s'en sortir.

— 27 —

Ma Jade,

J'ai bien reçu tes lettres. Je les ai même relues plusieurs fois. Si tu savais comme je suis soulagée de te savoir heureuse à Santa-les-Deux-Sapins. Je suis consciente d'avoir pris des tas de mauvaises décisions dans ma vie, au moins celle de solliciter l'aide de mon frère pour t'accueillir aura échappé à la règle. J'aurais sans doute dû le faire plus tôt.

Je voudrais te dire tellement de choses, sauf que les mots et moi, on n'est pas très copains. Ils se mélangent dans ma tête et au final, ça sort de ma bouche pas comme il faudrait. Alors, le plus souvent, je ne dis rien.

Depuis que je suis arrivée ici, je réfléchis beaucoup, je pense à toi tout le temps, et je m'en veux tellement. Toutes ces années à faire n'importe quoi, à fréquenter de mauvaises personnes… Depuis que tu es toute petite, tu subis ma vie, tu la subis en te faisant discrète, jamais très loin pour pouvoir me ramasser à la cuillère en cas de besoin. Combien de fois es-tu venue dans ma chambre, alors que je m'étais endormie tout habillée sur mon lit, pour me couvrir d'une couverture ? Beaucoup trop pour une petite fille.

C'est moi qui aurais dû venir te border, te lire des histoires pour t'aider à t'endormir. Je n'ai rien fait de tout ça et il n'est pas possible de revenir en arrière. Je dois vivre avec ces années gâchées, ton enfance gâchée.

C'est dur ici. Je ne pensais pas que je toucherais le fond comme ça, je me disais toujours que j'allais m'en sortir, que c'était une mauvaise passe. J'allais tout arrêter, trouver un vrai travail et pouvoir enfin t'acheter de beaux habits. Ce serait pour la semaine suivante et si ce n'était pas celle-là, celle d'après. Je n'ai pas réalisé qu'au lieu de ça, je m'enfonçais un peu plus chaque jour. Je te jure que je ne m'en rendais pas compte. Mon horizon s'était réduit à trouver de quoi payer mes doses du lendemain. À force, il n'était même plus question de semaine suivante, juste du lendemain. Quand il n'y a pas plus loin que le lendemain, il ne reste plus grand-chose.

Je leur en ai voulu de me condamner. Après tout, je n'avais rien fait de mal jusque-là. Juste pris les mauvaises décisions. Est-ce qu'on met les gens en prison parce qu'ils ont pris de mauvaises décisions ?

Est-ce que j'aurais continué à faire n'importe quoi s'ils ne m'avaient pas envoyée ici ? Je crois que oui. Et peut-être que là, ça aurait été grave. Peut-être que j'aurais été celle qui tire le coup de feu et pas uniquement celle qui menace.

On voit souvent des reportages à la télé sur les prisons, mais quand on le vit pour de vrai, c'est encore pire. Les bruits permanents, les cris, la peur aussi… Devoir faire pipi devant mes deux codétenues chaque jour, sans rien pour se cacher…

Oui, c'est dur ici. Mais je m'accroche. Parce que si je suis sûre d'une seule chose, c'est bien que jamais plus je ne veux revivre ça. Jamais plus je ne veux mettre les pieds dans une prison. Parce que je t'ai, toi. Je ne peux pas continuer à faire n'importe quoi. Je ne peux pas. Je suis fière d'être une maman, et je l'ai été dès que j'ai su que j'étais enceinte. J'ai honte aussi. Parce qu'une maman ne se comporte pas comme je l'ai fait toutes ces années.

Je vais me racheter, je t'en fais la promesse. Si je ne peux pas changer le passé, ni tes souvenirs, il reste tout plein d'années devant nous pour mettre du doux et du beau. Et lorsqu'il y aura plus d'années belles que d'années moches, alors peut-être que je m'autoriserai à te demander pardon. Aujourd'hui, je n'en ai pas encore le droit.

Dans ta dernière lettre, tu me dis que tu aimerais venir me voir. Tu vas sans doute m'en vouloir encore un peu plus mais je ne veux pas que tu viennes. Je ne veux pas que tu ajoutes à tes souvenirs d'enfance, ceux d'une maman derrière les barreaux. Je refuse de lire la peur dans les yeux de ma fille. Je refuse aussi d'y lire de la peine ou de la pitié. J'ai mérité ce qui m'arrive, je le sais. Je paie sans rechigner. Je fais ce qu'on me dit de faire, je me tiens tranquille.

Et chaque soir, sur un petit calendrier que j'ai pu échanger avec une fille d'une autre aile, je barre la journée qui vient de s'écouler. Une de moins qui me sépare du moment de te retrouver. Quand je sortirai d'ici, on pourra tout recommencer à zéro, à Santa-les-Deux-Sapins si tu en as envie. Étienne, lui aussi je l'espère, me pardonnera peut-être le mal que je lui ai fait. Il a essayé de me venir en aide à de nombreuses reprises. Mais quand on pense ne pas en avoir besoin…

Je ne veux pas que tu viennes me voir, cela dit j'ai très envie que tu continues à m'écrire. Raconte-moi l'école, raconte-moi la famille, raconte-moi les jeux, bref, raconte-moi la vie dehors.

Je vais tenir bon, Jade, je vais tenir bon. Tout va être différent. Cette fois-ci sera la bonne.

Je t'aime, sans doute mal, sans doute pas comme les autres mères, mais je t'aime, ma fille.

Ta maman, Edwige.

P.-S. : Bravo pour la sélection de ton copain aux auditions de « The Voice ». Si c'est sa passion de chanter, il ne doit pas hésiter et se donner toutes les chances d'y arriver. Et toi, dis-moi, quelle est ta passion ? À quoi rêves-tu secrètement, ma Jade ?

— Remerciements —

Quelle expérience que celle d'écrire un tome 3. À la fois excitante – retrouver les personnages qu'on aime, les connaître presque par cœur – et terrifiante : comment faire pour se renouveler ? Comment faire pour que ce tome 3 plaise autant que les tomes 1 et 2 ?

À peine aviez-vous refermé la dernière page du tome 2 que vous me demandiez « À quand le tome 3 ? ». Je ne compte plus les questions de ce type, en message privé, en salon, en librairie… À croire que Santa-les-Deux-Sapins a des propriétés addictives. Quand on y a goûté, on ne peut plus s'en passer.

Ce troisième tome, je l'ai donc avant tout écrit pour vous, c'est mon cadeau pour vous remercier d'avoir porté si haut les deux premiers. Mon cadeau pour vous remercier d'avoir autant ri en lisant les péripéties de Pauline, Maddie, de la Grinchette, sans oublier bien sûr, celles de Pilou, l'indétrônable chien de la famille. Si les rires généraient de l'électricité, les vôtres auraient pu alimenter à l'aise une ville de 100 000 habitants pendant plusieurs jours. Et je suis si fière de ça, si fière.

Je le dis souvent en interview, faire rire mes lecteurs et lectrices est ma plus grande fierté. Parce que c'est un vrai challenge, parce que c'est plus difficile que d'émouvoir, parce que c'est moins garanti. Alors quand vous me dites que vous avez éclaté de rire dans les transports ou dans votre lit (déclenchant au passage un regard inquiet de votre moitié), mon cœur se gonfle et je n'ai qu'une envie : continuer, encore et encore.

Ce troisième tome n'a pas été simple à écrire. J'y ai réfléchi des semaines et des semaines avant de réussir à poser le premier mot. Le risque de vous décevoir est tellement grand. Et c'est un risque que j'ai beaucoup de mal à accepter. Alors j'espère qu'une nouvelle fois, l'histoire vous aura fait marrer, et qu'on pourra de nouveau envisager d'alimenter une ville en électricité. Le rire comme énergie renouvelable, pourquoi personne n'y a encore pensé ?

Merci à ma maison d'édition, Fleuve Éditions, qui me renouvelle sa confiance de roman en roman, qui s'embarque dans un tome 3 sans connaître les tomes 1 et 2, qui met les pieds à Santa-les-Deux-Sapins sans même se poser de questions (sans même chercher sur Google… 😉).

C'est étrange comme le terme « maison » résonne si bien. Chez Fleuve, je me sens à la maison, en sécurité, portée par une envie et une ambition qui me donnent des ailes. Florian, Émeline, Lucie, Thomas, Estelle, Maryannick, Manon, merci pour tout. Continuez à viser toujours plus haut ; grâce à vous, ensemble, un jour, on décrochera les étoiles.

Merci à toute l'équipe Pocket (Perrine, Julie, Carine, Emmanuelle), à celle de Lizzie, mais aussi à Julie et Anne-Sophie qui gèrent de main de maître les droits dérivés, de compléter à merveille cette famille professionnelle qui m'entoure. Je me sens chanceuse.

Merci à tous ceux qui viennent à ma rencontre en salons ou en librairies, qui attendent (parfois longtemps) pour un petit échange, une signature… Vous me dites souvent que je dois en avoir marre d'entendre les mêmes choses, eh bien, je vous promets que non. Comment pourrais-je en avoir marre de toute votre affection, de vos encouragements, de votre bienveillance… Quand vous me dites que vous aimez mes livres, qu'ils vous font rire, qu'ils vous font réfléchir, qu'ils vous font pleurer, que vous les relisez plusieurs fois parfois, c'est autant de jetons d'amour que vous mettez dans la machine. Et quand il pleut, qu'il fait froid, qu'on est tout seul devant son clavier et que chaque mot qui sort paraît incroyablement pourri, je peux vous assurer que je suis bien contente de pouvoir puiser dans ces jetons que vous m'avez si gentiment donnés.

Merci aux libraires et aux bibliothécaires de mettre en avant mes romans. Je le sais depuis le début : un coup de cœur, une recommandation de votre part, et ça change tout.

Merci à ma famille, à mes amis d'être de tels soutiens, de me recommander à leur boulangère, leur ostéopathe, leur présidente de club de natation, leur pharmacienne…

Et pour finir, vous connaissez la chanson, merci à mon homme, mon pilier, mon essentiel, d'être toujours là après toutes ces années… Même quand la fatigue rend mon visage digne d'un tableau de Picasso.

Composition et mise en pages
Nord Compo à Villeneuve-d'Ascq

#lisez! engagé
Pour plus d'information :
www.lisez.com
Imprimé sur du papier issu de forêts gérées durablement.

Achevé d'imprimer par
Normandie Roto Impression s.a.s.
N° d'impression : 2303489

Imprimé en France